BU
rizzo

Maria Venturi in BUR

Addio e ritorno
Un'altra storia
L'amante è finita
L'amore s'impara
L'amore stretto
Butta la luna
Caro amore
Chi perdona ha vinto
Il cielo non cade mai
Da quando mi lasciasti
La donna per legare il sole
Incantesimo
In punta di cuore
Mia per sempre
La moglie addosso
La moglie nella cornice
Il nuovo incantesimo
Il rumore dei ricordi
Storia d'amore
La storia spezzata
La vita senza me

MARIA VENTURI

La bambina perduta

BUR
rizzoli

Proprietà letteraria riservata
© 2005 RCS Libri S.p.A., Milano

ISBN 978-88-17-04875-0

Prima edizione Rizzoli 2005
Prima edizione BUR Narrativa 2006
Prima edizione BUR I libri di Maria Venturi marzo 2011

Per conoscere il mondo BUR visita il sito **www.bur.eu**

La bambina perduta

Le statistiche

Il 55, 2% delle italiane tra i 14 e i 59 anni (oltre la metà) è stata oggetto almeno una volta nella vita di una molestia di natura sessuale (molestie fisiche, molestie verbali, esibizionismo, telefonate oscene, pedinamenti).

Sono oltre 500 mila (2, 9%) le italiane vittime di una violenza o tentata violenza sessuale. Negli ultimi tre anni si sono accertati 18 mila episodi di stupro.

Solamente 1 donna su 10 sporge denuncia della violenza subita.

Gli stupri imputabili a persona "estranea" sono appena il 3, 5%. Salgono al 23, 8% quelli imputabili a persona famigliare e amica.

L'età più a rischio è quella compresa tra i 25 e i 44 anni. Gli abusi sessuali sono maggiormente diffusi al Nord e nelle grandi città.

(*da una indagine Istat curata da Maria Giuseppina Martone e diffusa nel dicembre del 2004.*)

La bambina perduta è Paola, stuprata a undici anni. Con la sua storia, numeri e percentuali diventano il desolato racconto di un'esistenza segnata per sempre.

I

IERI

Diffido delle infanzie aggiustate per giustificare l'adulto imperfetto o infelice che sei diventato: si selezionano i ricordi come tessere, eliminando quelli che non servono, allo scopo di ricostruire il puzzle dei Grandi Colpevoli.

È proprio la paura di questa manipolazione a rendermi tanto difficile voler bene alla bambina che fui e compiere un atto di fede nelle ringhiose certezze con cui, appena undicenne, entrai nella vita adulta.

Allora mi aiutò odiare Mamma Orca, accusare mio padre di non avermi dato altro che un cognome sull'atto di nascita, sentirmi un'emarginata nella nuova scuola (dove dal primo giorno mi avevano messa all'ultimo banco), convincermi che a nessuna delle mie compagne sarebbe potuto accadere quello che era accaduto a me perché ero io la diversa, la più sfortunata.

Oggi la mia razionalità di trentenne bene addestrata all'autoanalisi si rifiuta di accettare il puzzle costruito dalla bambina perduta. *So* che esistono molte tessere scartate e di tanto in tanto ne riemerge qualcuna... Ma la mia mente vi si sofferma con cautela: se ho paura di aggiustare i ricordi, altrettanta ne ho di riesumare quelli cancellati ed essere così costretta a ricomporre una nuova realtà.

Uno stupro è per sempre. Col tempo puoi rimuovere l'aggressione di un ladro, le percosse di un amante, il terribile impatto con un'auto pirata che ti investe, il proiettile di un bandito che ti si conficca nella carne: sono esperienze al di fuori della norma che rientrano nella sfera della criminalità e dell'odio e perciò la stessa quotidianità le esorcizza come disgraziate e irripetibili.

Lo stupro no. Lo stupro è il solo crimine che si consuma con gli identici gesti e gli identici rituali di un accoppiamento d'amore: la smania del possesso, la penetrazione, l'ansimare affannoso, gli spasmi dell'orgasmo esprimono sia l'esplodere della passione sia quello della violenza bestiale.

Ogni volta che il corpo di mio marito scivola sopra al mio, rivivo l'incubo dello stupro.

"Che bella signorinetta!" l'uomo disse.
"Ha solo undici anni. E l'ho avuta quando ero ancora una ragazzina" mia madre tenne a precisare con tono civettuolo.

"A vent'anni non eri più ragazzina" sottolineai acida. Detestavo che alla sua età, *trentun anni*, sembrasse ancora tanto giovane. Le madri non portano i calzettoni, le gonnelline scozzesi, i cappotti rossi, gli anellini d'argento comprati sulle bancarelle.

L'uomo scoppiò nella risata rauca dei grandi fumatori. "Siete due belle ragazze tutte e due, va bene così?"

Si chiamava Guido, aveva quarantadue anni e lavorava come impiantista in una fabbrica milanese di caldaie.

Appresi questi e altri particolari orecchiando, come spesso facevo, le lunghe telefonate serali di mia madre all'amica Lucia. Quelle telefonate mi permettevano di sapere tutto dei suoi umori, dei suoi problemi, delle sue decisioni, di quello che le succedeva in ufficio.

Guido non era mai stato sposato e aveva sempre vissuto con la madre in una frazione di Bolzano.

Dopo la morte di lei aveva deciso di trasferirsi a Milano. Il lavoro gli veniva pagato a fattura, per ogni caldaia che impiantava e collaudava, ma contava di essere assunto quanto prima con regolare contratto.

L'amica Lucia dovette esprimere qualche riserva su di lui, perché mia madre in tono veemente e quasi risentito si lanciò in una lunga difesa: lui non è come credi! È un uomo perbene e *affidabile* anche se non ha un posto fisso! Ha viaggiato molto, legge, conosce il mondo e non vede problemi ovunque... E mi sembra davvero interessato a me.

Mia madre fu costretta a portarmi da una psicologa quando compii quattordici anni, ma la bambina stuprata aveva avuto tre anni di tempo per inventarsi una infanzia desolata.

Fu un'autoterapia istintiva e sapiente: cancellando tutti i ricordi di felicità, spensieratezza e innocenza, la bambina riuscì a ridimensionare il Danno e a rendere più sopportabile l'atrocità di ciò che le era stato fatto. Dopo tutto, che cosa le aveva potuto togliere la Bestia che, prima di lui, non le avessero già tolto gli altri?

Da un mese ho la certezza che mio marito ha una relazione con Sara. È una ragazza di venticinque anni, laureata in giurisprudenza con centodieci e lode, che sta facendo il praticantato nel suo studio.

Sara è di religione ebraica, molto osservante, e quando Michele la invitò a cena la prima volta per farmela conoscere mi pregò di non preparare piatti a base di carne (la nostra macellazione non è *kosher*), di pesce senza lische e di usare come condimento soltanto olio di oliva extravergine.

Sara portò il vino e Michele provvide ad acquistare personalmente del pane azzimo.

A una ebrea osservante non dovrebbe essere consentito unirsi a uomini di religione diversa, ma evidentemente le relazioni extraconiugali non sono assimilabili a una vera "unione": è stato il mio primo pensiero, non privo di una certa acidità, quando ho trovato in una tasca del cappotto di Michele un bigliettino di Sara: spiritoso e inequivocabilmente intimo.

È più facile rinunciare a un piatto di salumi che sottrarsi al richiamo della passione, è stato il mio secondo pensiero.

Ho rimesso il bigliettino nella tasca e mi sono vietata di fare dello stupido sarcasmo. Da almeno un paio di mesi avevo il fondato sospetto che tra Sara e mio marito fosse nato qualcosa: Michele aveva smesso di invitarla a cena a casa nostra, di elogiare le sue molte qualità e di dirmi con naturalezza tutte le volte che andava a pranzo o in tribunale con lei.

E da undici sabati non abbiamo più rapporti sessuali.

Il solo periodo di astinenza tanto lungo risale a oltre nove anni fa, quando ero incinta di Francesca ed entrai nell'ottavo mese di gravidanza.

I rapporti ripresero un mese dopo la nascita della bambina. Quella sera, dopo che Michele si staccò da me, pensai che il nostro matrimonio sarebbe stato perfetto se un incidente o una malattia lo avessero reso impotente. Era un pensiero mostruoso che mi raggelò.

Guido convisse due settimane con mia madre, ma per vent'anni ho dimenticato la sua voce, il suo viso, i suoi gesti: nella mia mente sono rimasti impressi soltanto i lineamenti deformati e l'ansimare bestiale dello stupro.

Da quando mio marito ha smesso di cercarmi, quell'incubo mi ha concesso una tregua e il passato comincia a ricomporsi. Voglio salvare il mio matrimonio, e il solo modo per farlo è ricordare, restituire memoria e verità alla bambina che si è rintanata in un angolo buio dentro di me.

"Lo so, devo usare molto tatto per dirlo a Paola" sentii mia madre sospirare al telefono. "Nessun uomo è mai vissuto in casa nostra…"

Era vero. Sicuramente mia madre ebbe degli incontri e delle storie dopo la breve relazione con l'uomo sposato che la mise incinta, ma Guido era l'unico che mi aveva presentato e l'unico con cui desiderasse convivere.

Ecco il primo tassello eliminato: il suo rispetto per me, la sua attenzione a non turbare la mia serenità e la mia innocenza.

Ci girò intorno tre giorni prima di chiedermi "se mi dispiaceva" che Guido si trasferisse a casa nostra "per qualche settimana", il tempo per trovare l'appartamento che stava cercando.

Risposi di no. E vent'anni dopo devo fare uno sforzo

terribile per riconoscere che davvero non mi dispiaceva. Guido mi aveva regalato la Barbie infermiera, mi aveva insegnato a giocare a Mouse, si era complimentato per un mio tema in classe accusando l'insegnante di lettere di avermi dato un voto troppo basso...

Le bellezze della natura: quali emozioni, quali considerazioni ti ispirano? Era l'argomento da svolgere. Presi sei con due meno perché, mi spiegò la professoressa, avevo lavorato troppo di fantasia: invece di concentrarmi sulle bellezze che erano davanti ai miei occhi, avevo parlato delle Montagne Rocciose, dei Grandi Laghi, della civiltà Maya...
Alla profe replicai che avevo visto tre documentari e non mi sembrava di essere andata fuori tema se mi ero concentrata su quelle bellezze invece di descrivere gli alberelli e i fiori dei giardinetti sotto casa...

Per vent'anni ho rimosso anche il ricordo di quel tema perché mi costringeva a prendere atto dello spaventoso danno che mi fu fatto. *Prima che Guido entrasse nella mia casa ero una bambina combattiva e fantasiosa.*
Dopo di allora, la mia fantasia si è atrofizzata e sono diventata incapace di comportamenti reattivi.

Uno stupro ti lascia addosso tutto il male del mondo. Ma se lo subisci a undici anni, come successe a me, ti toglie anche il governo della tua vita. Mentre la Bestia schiaccia il tuo corpo con una montagna di carne e le sue zampe ti immobilizzano, il panico ti toglie il respiro. Capisci di non poter fare niente per fermare l'aggressione. E questa sensazione invade ogni cellula del tuo corpo, "fissata" per sempre dall'impatto violento col dolore fisico. L'eiaculazione della Bestia ti insemina l'impotenza: diventi un'adulta incapace di ribellarti e di reagire perché sei condizionata dal terrore che, facendolo, tu possa rivivere lo stesso panico e lo stesso devastante dolore fisico.

II

OGGI

Francesca ha compiuto nove anni tre mesi fa e sta vivendo quella brevissima età di grazia in cui sono finiti i capricci e i puntigliosi "no" della prima infanzia e non sono ancora cominciati i conflitti e le ribellioni dell'adolescenza.

In questa età di grazia c'è anche una tregua tra la vanità infantile e quella adolescenziale: adesso non occorrono più estenuanti patteggiamenti per farle indossare un vestito o un paio di scarpe: tutto le va bene perché attorno ai nove-dieci anni le bambine diventano "incorporee" e smarriscono il senso della loro fisicità. Sono io a ricordare a mia figlia di fare la doccia, lavare la faccia e i denti, cambiare i calzerotti.

Finalmente accetta senza problemi anche di andare a letto alle nove. Le concedo di tenere la luce accesa per un altro quarto d'ora e io stessa vado a spegnerla. Spesso la trovo già addormentata con il libro tra le mani.

Vi è un solo momento assolutamente felice nel ruolo di madre: è quando per la prima volta prendi tra le braccia la tua creatura e osservi, attenta ed estatica, il suo viso.

Mille volte, negli anni che seguiranno, ti sentirai indecisa e in colpa, ti chiederai se e dove hai sbagliato, recriminerai di avere concesso oppure negato troppe cose. Ma in quel momento tutto è perfetto perché non hai ancora commesso alcun errore.

Nei suoi primi sei mesi di vita Francesca trascorse le notti piangendo. Stava bene, cresceva regolarmente di peso: secondo il pediatra, io e Michele eravamo genitori troppo apprensivi. "Non prendetela in braccio appena apre bocca. Se è pulita, ha mangiato e non ha aria nella pancia, lasciatela piangere" ci raccomandava.

Sia io sia Michele ci rifiutavamo di vedere nei piccoli come la nostra, gli esseri furbi, ricattatori e facili "ai vizi" descritti dal pediatra, e non riuscivamo a resistere più di trenta secondi agli imperiosi strilli di nostra figlia.

Suo padre è pazzo di lei e, ancora oggi, è incapace di negarle qualcosa. I ruoli si sono invertiti, la figura autoritaria sono io: io quella che rimprovera, alza la voce, incute soggezione. E, inaspettatamente, sono ancora io il genitore a cui è più legata. È ai miei elogi che tiene, è la mia approvazione che cerca.

Sono una buona madre? Non me lo sono mai chiesto perché conosco la sola risposta possibile: il rapporto con mia figlia è stato il meno condizionato del mio vissuto. Ma nell'ottica di un condizionamento tanto devastante come uno stupro quel *meno* ha un peso enorme.

Fin da quando mia figlia è nata vivo con il terrore che le accada una disgrazia o che qualcuno le faccia del male. Diffido di tutti. Il "mostro" potrebbe celarsi nel padre di un'amichetta, nel portinaio, nell'insegnante di chitarra e persino nell'adorato zio Pietro, il fratello di mio marito...

Il quotidiano sforzo di non trasmetterle le mie angosce comporta un dispendio di energie che talvolta mi lascia esausta. Ma ne vale la pena, perché Francesca è una bambina socievole e serena. Ma, anche, molto infantile.

Dovrei sollecitare le sue curiosità e stimolare la sua crescita, e invece continuo a regalarle animali di peluche, libri di favole e giocattoli assecondando il suo attaccamento al mondo dell'infanzia.

La paura che ne esca è un altro dei miei limiti. Attraverso la sua infanzia rivivo quella che mi è stata tolta. E quando la aiuto a uscire dalla vasca o a infilare la camicia da notte mi rassicura la vista del suo corpicino da bambina, senza ombra di peluria né traccia di seno.

«Paola, è l'una. Non vieni a dormire?» La voce di mio marito, fermo sulla porta del soggiorno, mi fa sobbalzare.

«Sto guardando la fine di un film» rispondo fissando con ostentato interesse il teleschermo. Stanno trasmettendo un vecchio documentario.

Invece di tornare a letto, Michele si avvicina lentamente a me. Spengo in fretta il televisore e sollevo la faccia su di lui. «Ti raggiungo subito» dico.

«Probabilmente domani sera dovrò fermarmi a Roma.»

«Va bene.»

Tace per qualche istante. «Mi dispiace.»

«E di che cosa? È il tuo lavoro.» Mi alzo di scatto. «Domattina hai la sveglia alle cinque, è meglio che...»

«Prendo il volo delle nove. L'appuntamento è stato spostato a mezzogiorno.»

Sembriamo i conduttori di una lezione televisiva di inglese sugli orari: mancano soltanto i sottotitoli della traduzione. «Ti raggiungo subito» ripeto.

Vado in cucina a bere un bicchiere d'acqua. Controllo che il rubinetto del gas sia chiuso. Metto la sicura alla portafinestra che dà sul giardino. Vado in bagno a lavarmi i denti. Entro nella stanza di Francesca per essere certa che non si sia addormentata con l'orso Teddy sulla faccia. Torno in cucina, riempio d'acqua una brocca e vado ad annaffiare la grande pianta di azalea che i colleghi mi hanno regalato per il compleanno.

Quando entro nella nostra stanza, Michele è ancora sveglio e ha il suo abat-jour acceso. «Ti stavo aspettando» dice.

«Scusami.» Tolgo la vestaglia ed entro sotto le coperte. «Non spegni la luce?» gli chiedo dopo qualche istante girandomi su un fianco e infilando un braccio sotto al cuscino.

Michele preme diligentemente il pulsante. «Non ho sonno» sospira.

Non gli rispondo. È un momento imbarazzante perché non so che cosa dirgli e non capisco perché non ha finto di dormire quando sono entrata nella stanza, come ha fatto spesso in queste ultime settimane.

«Ti voglio bene, Paola» dice a un tratto.

La sua voce è quella, ferma, di chi enuncia un dogma: devo compiere l'atto di fede e credere che è davvero così.

Ne sono rattristata e ancora una volta non dico nulla.

«Paola...» La sua mano si posa sul mio fianco.

Sto ferma.

La sua mano sale lentamente, cautamente verso il seno.

«Ho sonno» dico ritraendomi.

Per la prima volta da quando siamo sposati mi sottraggo ai suoi approcci. Domani notte a quest'ora sarà a Roma con Sara, in un letto d'albergo. Come osa toccarmi? Non si vergogna?

La rabbia mi toglie il respiro e mi giro di scatto sull'altro fianco. Sto cercando di calmarmi quando sono folgorata dalla consapevolezza che per la prima volta gli approcci di Michele mi suscitano qualcosa di diverso da rassegnazione, tristezza, dovere da compiere. La rabbia è un sentimento vivo, una reazione viva e, Gesù, mi fa sentire meglio dell'incubo.

Mia madre cedette a Guido il suo letto a due piazze e la sua stanza e venne a dormire nella mia. Fu una sistemazione molto abile: ai miei occhi di bambina quell'uomo doveva configurarsi come un ospite di passaggio (mia madre cedeva sempre il suo letto ai parenti o alle coppie amiche che venivano a trovarci) e ciò avrebbe impedito qualunque fantasia o sospetto sul rapporto che li univa.

Orecchiando le telefonate serali, avevo capito che Guido non se ne sarebbe più andato e che, prima di dirmelo, mia madre voleva che io familiarizzassi con lui e mi abituassi alla sua presenza.

Nonostante questo, la strategia funzionò: a undici anni giocavo ancora con le bambole e non conoscevo ancora le fantasie morbose dell'adolescenza. Guido e mia madre erano "innamorati" come Biancaneve e il Principe Azzurro. Di certo lei lo raggiungeva nella stanza dopo che io mi ero addormentata, ma non ne ebbi mai il sospetto.

"Perché lo chiami *Guido*?" mi avrebbe chiesto tre anni dopo la psicologa. Mi sembrò una domanda stupida e mi strinsi nelle spalle senza rispondere.

Lo chiamavo Guido, e continuo a pensare a lui come a *Guido*, perché è con quel nome che ho materializzato la violenza, il dolore fisico, il terrore. Guido per me è sinonimo di Bestia.

«Sei sveglia, Paola?» chiede mio marito. Mi prende una mano.

Non la ritraggo ed emetto il sospiro di chi viene disturbato nel sonno. Sospira anche lui.

Per tre anni nascosi a mia madre di essere stata stuprata. Guido raccolse le sue cose e scappò come un coniglio mentre io ero ancora a letto paralizzata dal dolore e dalla vergogna.

Quando mia madre tornò dall'ufficio mi chiese dov'era, ma non mi guardò in faccia: si arrabbiò perché mi aveva trovata a letto.

Mi scosse, mi costrinse a sollevarmi. Quando vide la grande macchia di sangue sul letto la sua espressione si distese in un sorriso. "Non è successo niente, Paola. Ti sono arrivate le mestruazioni... Adesso sei diventata una signorina."

La odiai.

Nei giorni che seguirono godetti della sua umiliazione e della sua rabbia per la sparizione di Guido. "Si è rivelato un mascalzone! È sparito dall'azienda che doveva assumerlo! Anche Paola è stravolta e senza parole!" diceva al telefono all'amica Lucia.

Odiai la sua stupidità, la sua incapacità di vedere quello che mi era successo, gli insopportabili interrogativi che continuava a rivolgermi nel tentativo di capire perché Guido se n'era andato: ti ha detto qualcosa? Ha ricevuto una telefonata? L'hai visto fare la valigia? È venuto a salutarti? Sei sicura che non ti abbia lasciato un biglietto per me?

Riuscii a ricostruire una parvenza di equilibrio soltanto cancellando i ricordi felici dei miei primi undici anni. Mia madre diventò Mamma Orca.

Non le permisi più di accarezzarmi, pettinarmi, sdraiarsi sul letto accanto a me.

"È entrata nell'età ingrata" la udii sospirare con l'amica Lucia.

«Paola, dobbiamo parlare» mi dice mio marito. Non ha abboccato ai miei assonnati mugolii e alla mia immobilità. Che cosa è successo? Ha aperto gli occhi come il Bell'Addormentato? Solo adesso ha capito che ho sempre finto, sempre recitato? Vorrei urlargli queste domande, ma si sono già congelate dentro di me.

«Vuoi ascoltarmi, Paola?» Michele accende la luce.

Affondo la testa nel cuscino. «Non ora, ti prego. Voglio dormire.»

«Va bene...» Qualche istante di silenzio. «Domani sera farò il possibile per ritornare a casa.»

Michele non sa che a undici anni sono stata violentata. Ho deciso fin dal primo incontro che non glielo avrei raccontato mai. E mai, fino ad oggi, me ne sono sentita in colpa perché questo silenzio è stato il solo atto d'amore e di difesa che ho compiuto verso me stessa.

Il mio primo amore si chiamava Fabio. Io frequentavo la seconda liceo, lui la terza. Non era il "bello" della scuola, ma il suo sguardo allegro, i suoi capelli neri e spettinati e la sua vivacità lo rendevano simpatico a tutti.

Un pomeriggio mi bloccò davanti al cancello della scuola. "Ho scommesso coi miei compagni che riuscirò a farti salire sulla mia moto e ad accompagnarti a casa" disse ridendo. "Che fai, collabori o mi riduci sul lastrico?"

A diciassette anni e mezzo ero l'unica della classe che non aveva ancora baciato un ragazzo o accettato un appuntamento. E questo mi aveva conferito il carisma dell'irraggiungibilità. *Ice Paola* mi avevano ribattezzato. "Bel tocco di ghiaccio" dicevano più rozzamente tra loro i ragazzi, riferendosi a me.

Nonostante un rapporto indifferente con la mia fisicità, quando andavo davanti allo specchio per pettinarmi o per passarmi il burro cacao sulle labbra lo specchio mi rimandava l'immagine di un bel viso: grandi occhi verdi, labbra carnose, denti bianchi e dritti, ovale pieno e una folta capigliatura castano dorata.

Quanto al corpo, rispondeva ai canoni del "bel tocco": la sola cosa che mi imbarazzava era il seno. Usavo una misura di reggipetto inferiore nel tentativo di contenerlo.

Fabio mi travolse con la sua carica di simpatia. Mi lasciai baciare al quinto appuntamento e i problemi iniziarono dopo tre mesi che ci frequentavamo, quando l'incanto di baci casti ed estenuanti si spezzò e facemmo l'amore per la prima volta.

Fabio fu delicato e rispettoso. Ma quando cominciò ad ansimare su di me e i suoi movimenti raggiunsero il bestiale e incontrollabile ritmo dell'orgasmo scoppiai in lacrime.

Profondamente turbato, lui mi chiese scusa. Giurò di amarmi. Disse che non mi avrebbe più toccata fino a quando non fossi stata pronta.

Fabio era un esuberante e sano ragazzo di diciannove anni in balia degli ormoni e dell'attrazione per me. *Capivo* lo sforzo che gli costava tenere ferme le mani, leggevo nel suo sguardo la sofferenza e la frustrazione di un continuo autocontrollo.

La paura di perderlo mi spinse a dirgli tutto della violenza subita a undici anni. Fabio mi ascoltò in silenzio e il suo viso terreo mi fece capire, meglio di ogni parola, la pena e l'orrore che il mio racconto gli aveva suscitato. Era un'esperienza più grande di lui, della sua intelligenza e della sua capacità di elaborarla in modo corretto. Ma questo lo avrei capito molto tempo dopo.

Per esorcizzare l'orrore si investì, puerilmente, del ruolo di salvatore: dovevo fidarmi di lui. Grazie al suo amore, avrei capito che il sesso non era soltanto violenza. Dovevo abbandonarmi, lasciare fare a lui.

Volle avere un rapporto subito: e per me fu un'esperienza angosciante. Fabio, di nuovo, si scusò e ripeté che avrebbe aspettato che io fossi pronta.

Ma nei giorni che seguirono la sofferenza sparì dal suo sguardo e l'autocontrollo divenne sempre più difficile. Ogni volta che respingevo i suoi approcci mi guardava con cattiveria e con ira.

E mi riaccompagnava a casa lasciandomi sotto al portone senza una parola, senza un abbraccio. Il "grande salvatore" si sentiva ferito nel suo orgoglio di maschio e mi detestava perché, respingendo i suoi slanci e il suo aiuto, suscitavo in lui un frustrante senso di impotenza.

Una settimana dopo che gli avevo parlato di Guido, mi prese con la forza. Il mio furioso divincolarmi e le mie disperate suppliche perché la smettesse anziché scoraggiarlo scatenarono tutta la sua sessualità repressa. Eccitato e incapace di frenarsi, mi penetrò con forza.

"Smettila di piagnucolare!" gridò alla fine.

"Mi hai *violentata*" dissi con un filo di voce.

Nel suo sguardo passò un lampo come di disagio, vergogna. Ma si spense subito. "Quale *violenza*? Io non sono uno stupratore e tu non sei una verginella."

Abbassai la testa, desolata. "Non voglio vederti mai più."

Vivo con Michele da oltre dieci anni e conosco bene la sua onestà, il suo calore umano, il suo rispetto per gli altri. Oggi comincio a capire che, se gli avessi confessato la verità, il suo amore per me sarebbe diventato ancora più profondo e avrei trovato in lui comprensione e aiuto.

Ma quando lo conobbi non avevo ancora dimenticato la reazione di Fabio. E il terrore di sentirmi trattare come una praticona che recita la parte della verginella mi spinse a tacere.

Per dieci anni gli ho nascosto la mia repulsione per il sesso, ho finto slanci che non sentivo, ho simulato orgasmi che non ho mai avuto.

Anno dopo anno, ho persino imparato i gesti e le carezze della donna esperta e appassionata.

L'ho fatto per renderlo felice oppure perché, toccandolo e baciandolo e gemendo lo portavo più in fretta all'acme del piacere, ponendo fine all'incubo della Bestia?

Non lo so. A furia di recitare e di mentire non credo neppure a quello che rispondo a me stessa. Forse per questo, dagli undici anni a oggi, mi sono rivolta così poche domande.

III

IERI

Mia madre perse i genitori quando aveva soltanto tre anni e fu cresciuta dalla nonna materna. Si chiamava Giorgia, e proveniva da una famiglia montenegrina emigrata in Italia nei primi anni del Novecento.

La mia bisnonna aveva sposato appena sedicenne un ricco vedovo senza figli, malandato di salute e di quarant'anni più vecchio di lei, presso il quale era stata mandata a fare la serva. Lo amò e lo accudì devotamente per vent'anni e alla sua morte ereditò una piccola fortuna: quella che le permise di allevare senza problemi prima la figlia nata dal suo matrimonio e poi la nipote orfana.

Mia madre non lasciò mai la sua casa ed è lì che io sono cresciuta e ho vissuto fino alla maggiore età.

La bisnonna Giorgia morì quando avevo cinque anni: ero troppo piccola per comprendere l'irreparabilità della perdita, ma abbastanza grande per avvertire il vuoto che aveva lasciato.

Era una donna amorosa, saggia e piena di fantasia. Dell'antica bellezza aveva conservato soltanto il viso: la pelle era liscia e rosea, gli occhi gioiosi, i denti bianchi e sani.

Il corpo, invece, col trascorrere degli anni si era allargato e appesantito. La povertà dei suoi primi sedici anni le aveva lasciato una fame insaziabile. Mangiava con allegria, a tutte le ore, e cucinare era per lei un rito e una gioia.

La mia memoria di bambina ha serbato un solo ricordo visivo, quello che mi ha consentito di "fissare" la sua immagine e la sua essenza.

Vedo la bisnonna Giorgia davanti al tavolo della cucina mentre a piccoli e veloci colpi di coltello, precisi come un bisturi, affetta le cipolle, le carote e il sedano per il soffritto.

Indossa una vestaglietta da casa a fiori, coi bottoni di finta madreperla, che in corrispondenza del pancione appare lisa e ingrigita.

Io sono seduta davanti a lei e la ascolto parlare. Non riesco a distinguere tra realtà e fantasia, ma ciò che mi racconta mi affascina.

La bisnonna Giorgia mi racconta che la sua famiglia era imparentata con quella di Elena del Montenegro, la moglie del re Vittorio Emanuele III di Savoia.

La bisnonna Giorgia mi racconta che a tre mesi fu rapita dagli zingari e i suoi genitori emigrarono in Italia per cercarla.

La bisnonna Giorgia mi racconta che dovette andare sposa a un rospo rugoso per salvare i suoi fratellini e i suoi genitori dalla fame: ma era un rospo così gentile e buono che in breve tempo se ne innamorò perdutamente. E allora, proprio come nelle favole, l'incantesimo si ruppe e il rugoso rospo tornò ad essere un bellissimo principe.

"Lo sai che sono fantasie, vero?" ride la bisnonna Giorgia strofinandosi le mani umide sul pancione.
Annuisco confusa. Mi dispiace che non sia la parente di una regina però sono contenta che gli zingari non l'abbiano rapita.

Quando mi parlò per la prima volta di mio padre, capii subito che non era una favola perché lo fece con il viso serio e usando delle parole da grandi, come quando discuteva con mia madre.
Tutto quello che so della mia nascita l'ho appreso dalla bisnonna Giorgia e, in seguito, decodificato con mentalità da adulta.

Mio padre, non potendo illudersi di riconoscere una figlia illegittima all'insaputa della moglie, fu costretto a confessarle di averla tradita. Superata la presumibile reazione di indignazione e sorpresa, la moglie "patteggiò" sia il perdono sia il riconoscimento ponendo delle condizioni di ferro: gli era concesso vedermi una sola volta all'anno. L'assegno per il mio mantenimento sarebbe stato accreditato sul conto di mia madre con un bonifico bancario permanente, sino al compimento del mio diciottesimo anno. Non avrei mai dovuto avere rapporti o contatti con i miei tre fratellastri.

Due settimane prima della mia nascita mio padre costituì una società intestataria di tutti i suoi beni mobili e immobili, dividendone equamente le quote tra la moglie e i figli legittimi.

Con questo *escamotage*, suggerito dall'avvocato di famiglia, mio padre risultava praticamente nullatenente.

Dopo la sua morte, avvenuta poco prima che io compissi diciotto anni, sua moglie mi fece inviare dal notaio un assegno di cinque milioni e quattrocentomila lire: la cifra comprendeva i tre mesi di mantenimento che ancora mi spettavano e la mia quota legittima dell'eredità: il "patrimonio" del defunto era rappresentato dal saldo attivo del suo conto corrente personale.

Non ho mai capito perché mio padre accettò di farsi ricattare e depredare per poter riconoscere una figlia di cui non si sarebbe mai interessato.

Ci incontravamo il 16 settembre di ogni anno, giorno del mio compleanno, i nostri soli contatti fisici furono delle cortesi strette di mano.

Gli incontri avvenivano in un ristorante e duravano poco più di un'ora. Esaurite le domande di rito (Come stai? come va la scuola?) mio padre era soccorso dal menu: buone queste tagliatelle, ti piace la cotoletta?, preferisci il budino o la macedonia?

Alla fine del pasto mi porgeva, con la noncuranza quasi sgarbata di chi si sforza di celare il proprio imbarazzo, un pacchettino.

A sei anni mi regalò un foulard di Gucci, a quindici la Barbie sciatrice, a sedici un bolerino striminzito con i bordi di visone.

Quei doni penosamente emblematici stavano a significare che ignorava i miei gusti, la mia taglia, la mia crescita. Non mi conosceva. Non mi *vedeva*. Ero una figlia senza età e senza corpo.

Col tempo ho capito che quei regali offensivi e quegli incontri tristi ebbero anche un risvolto positivo perché mi preservarono dai molti problemi dei figli senza un padre.

Io, un padre, l'avevo, ma non riuscii mai a capirlo e ad amarlo. Fin da piccola assimilai la figura paterna a una persona negativa, e perciò non spasimai mai nell'attesa di un incontro, non ne sentii mai la mancanza.

Furono le chiacchiere e le favole della bisnonna Giorgia a impedire che la mia fantasia si atrofizzasse e che la mia innocenza fosse precocemente contaminata dall'impatto con la realtà.

Mi fanno paura i bambini precoci e forse anche per questo continuo a raccontare le favole a mia figlia. Francesca ha nove anni – quattro più di quanti ne avevo io quando la bisnonna Giorgia morì – ma non ha ancora l'età per diventare diffidente e disincantata.

Soltanto a undici anni, dopo lo stupro, capii che esistevano anche padri protettivi e amorosi. E odiai il mio perché non mi aveva mai amata e protetta. Cercai mille bersagli prima di arrivare a incolpare me stessa.

Guido non aveva un orario di lavoro: andava in azienda soltanto quando lo chiamavano per impiantare o riparare una caldaia. Nelle due settimane che trascorse in casa nostra lo chiamarono una sola volta. Quando io e mia madre uscivamo da casa, alle sette e mezzo, lui dormiva ancora.

Mia madre mi accompagnava a scuola e poi andava in ufficio. Lavorava alla Marika, una piccola società che commercializzava bigiotteria, mini-set per trucco, borsette e altri gadget che venivano prodotti in Cina a basso costo e allegati ai settimanali femminili come regalo per le lettrici.

Mia madre selezionava questi gadget e curava i cataloghi. Conosceva molte redattrici di moda e anche alcuni stilisti famosi che accettavano di avallare con la loro firma i gadget migliori: oggi presumo che il suo *orribile* modo di vestire derivasse dalla familiarità con quel mondo. Aveva l'obbligo di apparire elegante, e sicuramente le piaceva esserlo. Che c'è di male?

Una settimana dopo l'arrivo di Guido presi una brutta influenza e non potei andare a scuola. Si ammalò anche Romina, la nostra colf a ore, e la presenza di Guido si rivelò provvidenziale perché mia madre non fu costretta ad assentarsi dal lavoro per badare a me.

Nemmeno sotto tortura mi potrebbero convincere ad affidare Francesca a un uomo conosciuto da poco e a lasciarla sola in casa con lui.

Nei miei ricordi aggiustati vedo Mamma Orca congedarsi da noi con un sorriso complice. "Quale modo migliore per conoscervi?" ci dice. Il suo tono ha una nota ammiccante e oscena.

Raggiunta l'età della ragione, ho respinto le impressioni e le interpretazioni dettate dal livore.

Mia madre era, semplicemente, una donna che viveva alla superficie degli eventi e della vita stessa. La nonna Giorgia si era fatta carico di tutti i suoi problemi, compreso quello di una maternità fuori dal matrimonio, e questo l'aveva resa incapace non soltanto di risolverli, ma di vederli. In altre parole, aveva una immagine edulcorata della realtà: non riusciva a scorgere nemmeno la cattiveria, i pericoli, la malafede, gli inganni.

Sarei diventata una madre tanto protettiva – e ansiosa – se da vent'anni non avessi la Bestia addosso?

La prima mattina sola in casa con Guido: è come se fosse ieri.

Dopo che la mamma è uscita per andare in ufficio, mi sono addormentata di nuovo.

Mi sveglio a mezzogiorno. Ho la gola che mi brucia e devo andare in bagno. Passando davanti al soggiorno, vedo Guido seduto davanti al televisore acceso. È ancora in pigiama e sta fumando una sigaretta. La mamma gli permette di fumare, però con le finestre aperte. Perché adesso le tiene chiuse?

In ogni caso, chiuse o aperte, da qualche giorno ristagna nelle stanze un odore che non mi piace. (L'ho memorizzato come un odore *sporco*.)

Quando esco dal bagno per tornare a letto, il televisore è spento. Guido mi aspetta davanti al soggiorno. "Ti senti meglio?"

"Sì... Però mi brucia la gola."

"Ti va una spremuta d'arancia?"

"Sì, grazie!"

"Torna nella tua stanza, te la porto subito."

Mentre bevo, si siede sul bordo del mio letto. Poi mi prende il bicchiere dalle mani e, senza alzarsi, lo posa sul comodino.

Guarda l'orologio. "È mezzogiorno passato, non hai fame?"

Faccio cenno di no con la testa.

"Devi mangiare qualcosa, signorinetta."

"Dopo..."

"Okay. Vado a preparare qualcosa di buono e poi ti chiamo."

Durante i primi tre giorni che trascorsi sola con lui, Guido si mostrò affettuoso, pieno di premure. Mio marito Michele, che è un buon padre, si comporta così con Francesca. E, vent'anni fa, pur ignorando il significato del termine, io elaborai i comportamenti di Guido come *paterni*.

Fu questo a rendere, se possibile, ancor più devastante il dramma della violenza che avrei subito quattro giorni dopo.

So che i sensi di colpa sono comuni a tutte le bambine stuprate, ma nel mio caso fu peggio perché mi sentii responsabile di quanto era accaduto e perciò – è spaventoso da dire – *meritevole*.

Era sicuramente colpa mia se il premuroso infermiere aveva d'un tratto cominciato a comportarsi in modo diverso sino a trasformarsi nella Bestia. Per molto, troppo tempo, mi sono macerata in interrogativi mirati a capire quali errori avessi commesso per meritare un castigo tanto enorme.

Dagli undici ai quattordici anni (quando la psicologa mi venne in soccorso) scelsi accuratamente e pazientemente i ricordi più colpevolizzanti sino a costruire il quadro delle mie infamie.

Guido mi dice che diventerò più bella della mamma e io ne sono felice. Per la prima volta noto che la mamma ha due incisivi accavallati e il naso troppo lungo: sono *già* più bella di lei!

Guido mi regala una maglietta rosa e una gonnellina a pieghe e mi chiede di fargli vedere come stanno.

Io vado in bagno a togliere il maglione e i jeans e, prima di tornare da lui, faccio un salto nella camera della mamma per mettere i suoi sandali con i tacchi a spillo. Gli sfilo davanti dondolando, tutta orgogliosa.

Guido mi chiede se voglio andare a vedere la televisione nella sua stanza (quella della mamma) e guardiamo insieme un film. Mi accorgo subito che è da grandi. Un uomo e una donna sono a letto, nudi, e si muovono in fretta, si lamentano... "Stanno male?" chiedo confusa.

"Ma no! Stanno benissimo!" lui ride.

Poi, seriamente, mi spiega che tutti gli uomini e le donne che si vogliono bene "fanno l'amore": è la cosa più bella che c'è.

"Non mi piace" dico tutta rossa.

La mattina dopo *aspetto* che Guido mi chieda ancora di andare a vedere un film nella sua stanza. È come quando salgo sul muretto del giardino e guardo giù, pensando di saltare. Ho *paura*, ma allo stesso tempo sono incuriosita. Irresistibilmente tentata...

Guido, sdraiato accanto a me, mi prende una mano e la porta sul suo pene. Il suo respiro si fa pesante... Mi ritraggo *terrorizzata* ed esco correndo dalla stanza. Più tardi, quando andiamo a tavola, Guido non mi rivolge la parola. È *arrabbiato* con me. Mi dispiace di averlo trattato male. Mi viene da piangere.

Mi sono occorsi molti anni per capire ciò che mia madre, singhiozzando, raccontò all'amica Lucia riferendole quello che le aveva detto la psicologa. Io fui la vittima di un uomo dalla sessualità patologica. Dopo avermi tranquillizzato e conquistato con i suoi comportamenti affettuosi, mi attirò nella sua trappola facendo leva sul mio infantile bisogno di compiacerlo per non perdere il suo affetto e sollecitando le mie prime curiosità e i miei primi turbamenti sessuali.

La psicologa ipotizzò che Guido non intendesse spingersi oltre i toccamenti e le carezze e che lo stupro fu un raptus incontrollabile. Ipotizzò pure che le sue manovre di seduzione non fossero state calcolate, ma improvvisate con una furbizia istintiva e animalesca.

Ma che differenza fa? Il danno è comunque una ferita che non si rimarginerà mai e ancora oggi devo fare uno sforzo enorme per non sentirmi corresponsabile di ciò che subii.

IV

OGGI

La telefonata di Michele arriva alle otto di sera. «Paola, mi dispiace, ma non ce l'ho proprio fatta a tornare a Milano.»

Non ce l'ha fatta a convincere Sara? A rinunciare a una notte d'amore con lei?

«Non preoccuparti» dico ad alta voce.

La mia arrendevolezza lo spiazza. «Ci vediamo domani... Da' un bacione a Francesca» aggiunge con voce imbarazzata. E riattacca.

Scoprirsi innamorato della sua giovane praticante deve essere stato per mio marito come ritrovarsi sotto le ruote di un'auto: un incidente, un dramma.

La differenza sta nel dopo: quando ti rialzi non ti aspettano gesso, immobilità e riabilitazione bensì la gioia d'un amore nuovo che vivifica e mette le ali ai piedi.

Con me Michele non ha mai volato. Con il mio amore l'ho fatto scivolare anno dopo anno nel pozzo nero della simulazione e della recita. Sara è la sua luce.

Sono straziata all'idea di perdere mio marito, ma allo stesso tempo rassegnata alla certezza che ciò avverrà. Per trattenerlo con me, in fondo al pozzo, potrei soltanto rendere più pesante la zavorra. Ricorrendo alla mozione dei doveri e della serenità di nostra figlia, gli tarperei le ali. Ma mi ripugna.

Se solo riuscissi a disprezzare e a detestare Sara, mi sentirei meglio. Ma io sono una simulatrice senza fantasia. Di certo, non ne ho abbastanza per inventarmi una rivale fatale e senza scrupoli.

Sara è una ragazza perbene e tutt'altro che "fatale": non molto alta, magretta, col naso troppo prominente per un viso minuto. Ma i suoi occhi esprimono gentilezza, determinazione, lealtà.

Tuttavia, di tanto in tanto, riesco a far montare un'ondata di malanimo contro di lei. Una brava ragazza ebrea, rigorosamente osservante dei molti divieti della sua religione avrebbe dovuto considerare tabù un bravo padre di famiglia. Posto che ne fosse stata attratta, si sarebbe dovuta proibire di assecondare la tentazione e oltrepassare il limite dal quale è impossibile tornare indietro.

Ma mi basta pensare a Michele perché il malanimo si ritragga per lasciare posto alla desolazione: sto per perdere un uomo meraviglioso. E, purtroppo, *irresistibile*.

Michele è alto un metro e ottantadue. Senza mai praticare uno sport, senza mai preoccuparsi di seguire una dieta, a trentacinque anni ha mantenuto lo stesso peso di quando lo conobbi: settantatré chili.

I capelli folti e spessi, di colore biondo-rossiccio, sono separati da una minuscola rosetta: da qui si diparte un ciuffo ingovernabile che gli conferisce una espressione da ragazzino.

Ha il viso spruzzato di lentiggini, gli occhi giallo-dorato tipici dei rossi e un bellissimo sorriso.

Nessuna persona mi è mai fisicamente piaciuta quanto Michele. E allora, come è possibile che non sia *mai* riuscita a provare gioia per le sue carezze e i suoi abbracci? Ormai ho la certezza che raccontandogli la verità avrei esorcizzato l'incubo. Ma gli errori sono inamovibili e sono troppo stanca per buttarmi sulle spalle anche il fardello delle recriminazioni.

Io e Michele ci conoscemmo alla festa di laurea di un suo amico. Io ero amica della sorella del festeggiato.

Prima della cena – organizzata nel giardino della loro villa – furono serviti gli aperitivi e si formarono i soliti capannelli di invitati.

Io ero arrivata sola e non conoscevo quasi nessuno. Mimetizzai il mio imbarazzo passando dalla tavolata delle pizzette e dei vol-au-vent a quella dei formaggi. Ero arrivata agli affettati quando lo vidi. Era il ragazzo più affascinante che avessi mai incontrato.

Con un sorriso quasi timido mi indicò un tagliere: "Se ti piace il salame, quello è il migliore".

Michele non è mai stato vittima dei pregiudizi sulla bellezza maschile perché basta parlare dieci minuti con lui per "dimenticare" che è un bell'uomo ed essere sedotti dalle molte altre doti che ha.

Come nella favola della principessa Rosaspina, sembra che le fate si siano curvate sulla sua culla per elargirgli tutti i loro doni.

Una sola, quella cattiva, gli fece il maleficio: a ventiquattro anni conoscerai una donna che con l'inganno ti trascinerà in fondo al pozzo...

Sara ha spezzato il maleficio.

Come accusarla di non essersi tirata indietro per tempo? Mi basta ricordare il giorno del primo incontro con Michele per capire che non le sarebbe stato possibile.

Dopo che ebbi assaggiato il "migliore dei salami", Michele mi guidò verso il tavolo delle verdure: grigliate, fritte, in pastella, ripiene. "Ti dispiace se resto con te?" chiese.

Era solo anche lui: ma poco dopo capii che, diversamente da me, conosceva quasi tutti i ragazzi e le ragazze della festa. Mi fece piacere che avesse scelto di restare con me, mi lusingò l'evidente interesse nei miei confronti, mi tranquillizzò il suo comportamento rispettoso, mi fece sentire ridicolmente sollevata l'apprendere che non aveva legami (si era lasciato da sei mesi con la sua ragazza).

Fu amore a prima vista. E dopo quella sera cominciammo a frequentarci regolarmente. Ci saremmo sposati quattordici mesi dopo, quando Michele, terminato il praticantato nello studio legale dello zio paterno, ebbe superato gli esami per esercitare la professione d'avvocato. Lo zio lo fece socio nel suo studio.

Michele si specchia soltanto per farsi la barba e per pettinarsi. È del tutto privo di vanità: sono io, alla mattina, a mettergli sul letto i vestiti e le camicie da indossare.

I nostri primi appuntamenti furono per me fonte di continue sorprese. Michele, del tutto inconsapevole del fascino che esercitava sulle donne, era un corteggiatore educato, premuroso, talvolta persino timido.

Mi innamorai perdutamente sia di lui sia dell'adorazione che aveva per me. Grazie a Michele mi riconciliai con me stessa e i miei sensi di inadeguatezza sparirono: quel ragazzo eccezionale aveva scelto me, *dunque* valevo qualcosa.

Quando facemmo l'amore la prima volta mi vietai di lasciar trapelare la viscerale repulsione per il sesso. In seguito imparai ad accarezzarlo, toccarlo, gemere, eccitarlo per portarlo più in fretta all'orgasmo.

"Scusami... Ti desidero troppo" si scusava lui ricadendo sul mio corpo e baciandomi il viso. L'incubo della Bestia era finito e ritrovavo il mio principe adorante.

I pochi minuti affannosi e ansimanti che precedevano l'acme del piacere erano piccola cosa rispetto alle innumerevoli ore felici della nostra quotidianità. *Mai* avrei permesso al sesso di devastare questa felicità. E così continuai a fingere.

La telefonata di Sara mi sveglia alle sette del mattino. «Sta' tranquilla» esordisce «si è tutto risolto.»

Si affretta a spiegare che la sera prima, mentre stavano cenando, Michele si è sentito male e lei, spaventata, l'ha convinto a farsi portare al pronto soccorso del Policlinico.

Divaga nei particolari: il padrone del ristorante ha chiamato un taxi, hanno impiegato mezz'ora ad arrivare perché c'era molto traffico, Michele era tutto sudato e respirava a fatica, al pronto soccorso l'hanno visitato subito...

«Sara» taglio corto brusca «dov'è adesso, Michele? Che cosa ha avuto?»

«Per precauzione lo hanno trattenuto in ospedale. Non ha niente, è stato un malore dovuto a stanchezza, a stress... Però, prima di dimetterlo, vogliono fargli alcuni esami.»

«Perché non mi hai avvertito subito?»

«Michele non ha voluto. Aveva paura che ti preoccupassi.»

Michele mi chiama alle otto e un quarto, sul cellulare. Ho appena accompagnato a scuola Francesca e mi sono accordata con la baby sitter: andrà lei a riprenderla, e si fermerà a dormire a casa nostra.

«Va tutto bene» Michele mi rassicura subito. «Il primario mi ha detto che entro due giorni, fatte tutte le analisi, potrò essere dimesso.»

«Sto andando a Linate: spero di trovare un posto sul primo volo che...»

«Non serve!» mi interrompe. «Resta con Francesca.»

Gli rispondo che a Francesca baderà la baby sitter e che *desidero* stare con lui.

«C'è Sara» si lascia sfuggire. «Non ho bisogno di niente» si corregge «e tra due giorni sarò a casa.»

C'è Sara. Il peso della mia inutilità mi piega le spalle. «Va bene» dico. «Ti aspetto a Milano.»

Michele mi richiama due ore dopo. Ha capito di avermi ferita. Non ha niente da dire, e il suo sforzo per trovare qualche argomento di conversazione è patetico. Mi rassicura un'altra volta: non ha niente, forse tutto è stato causato dallo stress. «Da qualche tempo sto lavorando troppo e sono sotto pressione» ammette. La sua voce è stanca.
«Sì, lo so...»
«Ci vediamo tra due giorni. Ti penso, Paola.»

Non sono un cane a cui gettare l'osso per farlo stare buono. Detesto i "ti penso" e i "ti amo" usati per zittire, tranquillizzare, aggirare un problema.
Ma forse la mia interpretazione è sbagliata. Io *sono* il problema di Michele e lui *mi pensa* davvero: come a un ostacolo, un dovere diventato insostenibile, una fonte continua di disagio e rimorso. «*Da qualche tempo sono sotto pressione...*»

Devo lasciarlo andare. Michele è troppo onesto per continuare a reggere una situazione di compromesso. *È colpa mia* se si è sentito male e non posso rischiare di spezzargli il cuore.

Dopo il matrimonio partimmo con la sua macchina

per un viaggio di nozze senza meta attraverso la Liguria, la Costa Azzurra, la Spagna.

Eravamo giovani, innamorati, pieni di energia. Ci fermavamo a mangiare quando avevamo fame e dormivamo dove capitava.

Di quelle due settimane ho perduto, curiosamente, ogni memoria visiva: forse perché le rocce, il mare, i colori, i parchi, i musei suscitano sempre e ovunque le stesse emozioni?

Ciò che ricordo è l'abitacolo della nostra macchina e l'irripetibile gioia di parlare, parlare e parlare...

Eravamo ubriachi di euforia e di certezze. Se un giorno tu smettessi di amarmi, ti ucciderei, scherzava Michele.

Undici anni dopo, è lui che ha smesso di amarmi: e sta uccidendo se stesso perché non ha il coraggio di lasciarmi.

Ha amato una moglie inventata. "La mia amante audace e appassionata" diceva con allegria, con orgoglio dopo che avevamo fatto l'amore.

La sola nota stonata del nostro perfetto viaggio di nozze furono le notti.

Al ritorno pensai di chiedere l'aiuto di un analista o di uno psicoterapeuta. Ero agghiacciata dal lontano incubo, sopraffatta dalla vergogna per l'abilità con cui stavo imparando a simulare.

Rinunciai per la paura che l'analista o lo psicoterapeuta mi persuadesse a raccontare a Michele la mia terribile esperienza.

Sto vivendo il momento della verità e *devo* avere il coraggio di buttar fuori tutto. Avevo un'altra, inconfessabile paura: se alla fine della terapia il mio sospetto di essere responsabile di quanto era accaduto si fosse trasformato in certezza? Se i miei sensi di colpa, scacciati ed esorcizzati con tanto accanimento, si fossero rivelati fondati? Ancora oggi mi inorridisce pensare che Guido mi violentò perché non seppi fermarlo per tempo.

Mai, prima di lui, mia madre aveva portato un uomo a casa nostra. Benché non sentissi la macanza di un padre, nella mia infantile esistenza esisteva il vuoto di figure maschili. Guido lo colmò.

Ogni volta che – con enorme fatica – mi impongo di ricostruire la prima settimana che trascorse a casa nostra, arrivo all'identica interpretazione dei fatti. Non ebbi il tempo di affezionarmi a lui, però fui conquistata dalle premure che mi dedicava: non teneva soltanto a mia madre, ma anche a me!

Questa scoperta mi sbalordì, mi inorgoglì. Ma fece scattare in me anche un infantile senso di inadeguatezza: *meritavo* davvero quelle premure? E se si fosse stancato di giocare a carte, di chiacchierare, di essere affettuoso con me?

I suoi primi approcci coincisero con la mia paura di deluderlo e con la mia smania di mostrarmi *meritevole*.

Non sapevo niente del sesso. Per me "male" era prendere un brutto voto a scuola, non studiare, fare la spia, dare una brutta risposta alla tata o alla mamma.

Eppure, d'istinto, intuii subito che erano "male" anche i discorsi che Guido cominciò a farmi, le sue occhiate, il suo modo di toccarmi.

Quando iniziarono le molestie e l'oscena iniziazione con i film e i giornaletti pornografici fui *terrorizzata*.

La furia con cui mi sono in seguito accanita contro me stessa (perché detestavo la persona indegna, sporca e colpevole che mi sentivo) mi ha spinto a dare spiegazioni impietose: volevo compiacerlo, ero morbosamente incuriosita, forse eccitata.

È troppo semplice. E non è questa la spiegazione vera.

Le sue molestie, sempre più esplicite, ingenerarono in me un terrore e una repulsione tali da essere insopportabili.

Guido si stava trasformando nella Bestia e, invece di gridare "al lupo!" tentai di esorcizzare la paura dicendomi che non era possibile. E così finii con l'essere sbranata.

La mia *curiosità* fu quella delle persone che, se odono una chiave che gira furtivamente nella toppa e dei rumori sospetti, invece di mettersi in salvo vanno a vedere chi è per convincersi di essersi sbagliati.

La verità è che fui travolta da una situazione enormemente più grande di me. E i sensi di colpa sono stati l'inutile veleno della mia vita.

Sono stanca di detestarmi e, anche per questo, devo trovare il coraggio di lasciare Michele. Ama un'altra donna: non posso aggiungere a questo dolore un crudele accanimento contro me stessa per arrivare alla stessa conclusione di vent'anni fa: me lo sono meritato, è colpa mia, sono stata io a provocare l'irreparabile.

V

IERI

Prima di andare a lavorare la mamma mi misura la febbre: da cinque giorni il termometro non scende sotto i 37, 2.
"Più tardi, dall'ufficio, telefonerò al pediatra" dice. Guido la tranquillizza, ma lei lo zittisce quasi sgarbatamente: "Tu non sei un medico!".

Il dottor Di Giacomo arriva alle due del pomeriggio.

Vent'anni fa i pediatri facevano ancora visite a domicilio. Quello di mia figlia fa le diagnosi al cellulare e – se non si tratta della solita influenza o tonsillite – dà un appuntamento nel suo studio.
La sala d'aspetto è un viavai di mamme che arrivano coi figli febbricitanti, imbacuccati o avvolti nelle copertine...

Sto divagando. Avevo dimenticato la visita del dottor Di Giacomo: tassello scartato perché disturbava la ricostruzione di Mamma Orca? Rimettendolo al suo posto, sono costretta a ricordare che mia madre *si preoccupava* per me, telefonava almeno tre volte al giorno dall'ufficio per chiedere a Guido se stavo bene. E di notte, quando mi svegliavo, la vedevo sempre nel letto accanto al mio.

Un paio di settimane dopo la fuga di Guido, udii mia madre confessare all'amica Lucia che "proprio non capiva" che cosa fosse successo.

"Ti sei imbattuta nel solito uomo inaffidabile e irresponsabile, ecco tutto", osservò Lucia.

"Questo lo so bene. Ma ha recitato in modo perfetto la parte dell'uomo ideale! Era così rispettoso, così gentile... Non soltanto con Paola, ma anche con me. Quando lo raggiungevo nella sua stanza reagiva con imbarazzo, come un ragazzino inesperto... Aveva quasi paura a toccarmi..."

Si toccava da solo, eccitandosi coi giornaletti e con i film pornografici. La sua sessualità solitaria e malata esplose con una bambina. Ma questo, a undici anni, non potevo capirlo. E ancor oggi non so se fui vittima di un pedofilo oppure di un raptus bestiale e incontrollabile che non aveva avuto precedenti e non si sarebbe più ripetuto.

Terminata la visita, il pediatra mi diede un buffetto sulla guancia e spiegò a Guido che la febbricola era causata da una tonsillite. Estrasse dal suo borsone di cuoio una scatola di sei supposte: due al giorno per tre giorni, e sarei stata subito meglio.

Guido accompagnò il dottor Di Giacomo alla porta e tornò nella mia stanza. "Sai usare le supposte o devo aiutarti?" chiese con un sorriso osceno.

Avvampai di vergogna. "Dobbiamo telefonare alla mamma" risposi.

Lo vidi irrigidirsi. "E perché?"

"Per dirle che è venuto il dottore e sto bene..."

"Certo, certo. Ricordi quello che ti ho detto, vero?"

Mi sarei fatta torturare e uccidere piuttosto che parlare alla mamma delle molestie, sempre più incalzanti, di Guido. È curioso: non riesco a ricordare con quali parole o con quali sommersi ricatti fosse riuscito a inculcarmi il tabù del silenzio.

La paura che se ne andasse da casa nostra? No, perché durò pochi giorni: dopo la mattina in cui spinse la mia mano sul suo pene non sperai altro.

La paura di deluderlo? No, perché dopo i suoi primi approcci era subentrato il terrore di lui. Talvolta sospetto che non fece e non disse nulla per convincermi a tacere. Mi sono indotta la certezza di essere stata obbligata a farlo per creare un alibi al lungo silenzio che seguì, alla impossibilità di confessare un episodio tanto vergognoso.

È qualcosa di simile a ciò che mi accade da quando so che Michele ha una relazione con Sara. È una realtà talmente orribile che mi *vergogno* di esigere una spiegazione e un chiarimento: quasi fosse *colpa mia*.

O forse no. Forse taccio perché tocco con mano la *sua* sofferenza e la *sua* vergogna e lo amo troppo per metterlo con le spalle al muro.

Anna, la psicologa a cui mia madre mi affidò tre anni dopo lo stupro, non mi piaceva e non riuscii mai a creare il *transfert* con lei. Indubbiamente non ero un caso facile perché il danno era ormai sepolto sotto strati di ricordi troppo a lungo manipolati ed elaborati.

Devo dare atto ad Anna di avere trovato la chiave giusta per forzare il mio mutismo. Dopo essermi difesa dalle sue domande (pazienti, materne, piene di tatto), d'un tratto scoprii il sollievo liberatorio della confessione. E cominciai a rispondere e a raccontare.

L'errore di Anna fu non capire che era il racconto di fatti separati dalle emozioni: era lei a estrapolare, da ogni particolare che via via apprendeva, la paura, l'angoscia, la vergogna, i sensi di colpa che rientravano nelle reazioni psicologicamente corrette.

E, per rimuoverle, mi costringeva ad aggiungere altri particolari. Ero una ragazzina molto intelligente e ben presto imparai ad associare azioni e reazioni, a "leggermi dentro".

Ma era come leggere un noioso libro di testo. Non arrivai mai allo sfogo liberatorio, non ebbi mai una illuminante visione di ciò che era accaduto. Anna fece di me una maestra delle analisi, ma oltre non riuscì ad andare. Forse non mi piacque per questo: capivo, *sentivo*, che tutte quelle sedute con lei non mi portavano a niente. Continuavo a stare male.

Di certo inconsapevolmente (o forse anche per colpa mia) Anna ha lasciato un segno dentro di me: esamino, analizzo e ricostruisco, ma mi manca la capacità di arrivare alla sintesi. Vado a fondo dei problemi, ma non so uscirne. E continuo a dibattermi tra sentimenti confusi e reazioni ingovernabili.

La bisnonna Giorgia, morendo, mi lasciò la metà dei beni ereditati dal marito e al compimento del diciottesimo anno andai in banca con mia madre per entrarne in possesso.

Grazie a quel lascito – e alla maggiore età – potei comperarmi un piccolo appartamento e andare a vivere da sola. Al termine del liceo mi ero iscritta alla facoltà di Lettere classiche, ma lasciai l'università dopo il primo anno.

Nell'appartamento accanto al mio abitava una vedova cinquantacinquenne titolare di una piccola casa editrice specializzata in cataloghi e libri d'arte. Era una donna colta, intelligente, cordiale. E quando mi propose di andare a lavorare con lei non esitai un istante.

Ho lavorato con Clara Razzi fino alla nascita di Francesca: da allora continuo a collaborare part-time, svolgendo a casa la maggior parte del lavoro.

Con il trascorrere del tempo si è creato tra me e Clara un legame di grande stima e affetto: è la persona più vicina a un'amica che abbia mai avuto, ma non c'è mai stato un rapporto di confidenza con lei, non le ho mai parlato *davvero* di me.

Fino alla terza liceo ho vissuto, apparentemente, la stessa vita delle mie compagne. Studiavo con loro, accettavo i loro inviti, andavamo insieme al cinema, in pizzeria e persino in discoteca. Con alcune, quelle che mi erano particolarmente simpatiche e che sentivo più affini, sarebbe potuta nascere una vera amicizia: ma *qualcosa* mi frenava. Solo col tempo ne ho capito le ragioni.

Quando Guido mi stuprò, avevo da poco iniziato la prima media: tornare a frequentare la scuola dopo una settimana di assenza per la "tonsillite" fu un'esperienza terribile e alienante. Quei sette giorni avevano fatto di me un'altra persona e scrutavo, non vista, i visi delle mie compagne certa di scorgervi la stessa repulsione che provavo per me stessa.

Le ascoltavo chiacchierare, le vedevo scherzare, scambiarsi bigliettini, tremare per la paura di essere interrogate con il cuore stretto dalla desolazione e dalla vergogna. Guido mi aveva strappato dal loro mondo, quello dell'infanzia, e mi sentivo una bambina indegna, sporca, perduta.

Il terrore che se ne accorgessero mi spinse alle prime recite.

Simulavo i loro comportamenti disinvolti, fingevo di interessarmi ai loro discorsi, partecipavo ai loro giochi. La cosa più orribile che potesse capitarmi, dopo lo stupro, era il venire smascherata ed emarginata.

Nel contempo montava in me (per autodifesa?) una sorta di proterva "superiorità". Non mi importava niente di loro, erano soltanto delle mocciose.

Durante i tre anni della scuola media in me convissero la bambina violata e la incattivita praticona della vita. E dovetti gestire i sentimenti di entrambe: la vergogna e il cinismo, la desolazione e la rabbia, l'orrore e l'indifferenza.

Oggi penso, con distacco, alla meravigliosa adulta che sarei diventata se uno stupro non avesse devastato la mia infanzia: dovevo possedere una natura sana e ben strutturata se da sola, senza alcun aiuto, riuscii a non precipitare nella schizofrenia e a non perdere il nucleo di me stessa.

Ma la confusione, le lacerazioni e le simulazioni di quegli anni mi hanno condizionata per sempre. Non ho mai avuto amiche. Sono sempre rimasta alla superficie degli affetti. Le sole persone con cui ho saputo creare una reale comunicazione emotiva sono mio marito e mia figlia.

Avevo diciassette anni e mezzo quando mia madre conobbe un disegnatore italo-americano che era stato assunto come creativo dalla Marika. Lo sposò quando andai a vivere da sola e due mesi dopo si trasferì con lui a New York.

Mia madre mi scrive ogni mese e, di tanto in tanto, mi telefona. Ci parliamo con circospezione, timorose di riaprire ferite mai rimarginate e di lasciarci emotivamente coinvolgere. Attraverso le sue lettere, diligenti come lo svolgimento di un tema, so che il marito è una brava persona, lavorano nella stessa agenzia di pubblicità e il loro matrimonio è gratificante e sereno.

Apprezzo che non parli mai di un suo viaggio in Italia per conoscere Francesca o che non mi inviti mai a farle visita in America: ormai ci lega il solo affetto possibile, quello che razionalmente riteniamo obbligatorio e scontato tra madre e figlia.

Michele è figlio unico e sua madre è una bella signora di sessant'anni che, dopo essere rimasta vedova, ha scoperto il bridge, i viaggi, le amiche, i corsi di ceramica, le associazioni culturali. Ha molta simpatia per me, e io per lei.

Viene a trovarci tra un impegno e l'altro, sempre allegra e carica di regalini e souvenir. Francesca è affascinata dalla nonna: per lei è "mitica". Come una eroina dei cartoni.

Perché sto masochisticamente analizzando la mia esistenza deserta di legami e di presenze? Per rendere ancora più straziante il proiettarmi in un futuro senza Michele?

Attorno ai cinque-sei anni ero molto attratta dai film "paurosi" che avevo scoperto per caso alla tv. La mamma non voleva che li guardassi: ma le sere in cui usciva, affidandomi alla figlia quindicenne di una vicina di casa, anziché giocare o guardare un cartone cercavo un canale che trasmettesse un film di mostri, fantasmi, terremoti, incidenti aerei. *Adoravo* restare col fiato sospeso. La mia improvvisata baby-sitter, tremando sia per le scene più impressionanti sia per la consapevolezza di aver trasgredito alle raccomandazioni di mia madre, di tanto in tanto mi chiedeva: "Ma non hai paura?".

"Sì, certo! Ma è tutto per *finta*!" le rispondevo.

L'eccitazione e la suspense erano mediate dalla certezza che nessuna casa crollava, nessun aereo cadeva, nessuna persona si trovava realmente in pericolo: era *un film*, e i mostri, come le vittime, stavano *recitando*. Non avevo ancora imparato a leggere, ma già sapevo distinguere la realtà dalla finzione.

L'amore per Michele mi ha trasformata in una maestra della simulazione. Ho recitato la parte dell'amante appassionata e smaniosa in modo impeccabile, ma ora so che dentro di sé mio marito ha sempre sentito che era *per finta*.

E l'incontro con Sara lo ha reso cosciente di questo. Ha avvertito, concretamente, la differenza tra realtà e artificio, passione simulata e trasporto reale.

Per anni e anni l'ho tenuto legato a me trasformandolo in un inconsapevole *voyeur*. E adesso, per questo, l'ho perduto.

La colpa è di Guido. Non ricordo di averlo mai odiato come in questi giorni: il Danno si è compiuto, abbattendosi sulla mia esistenza come l'ultima, fatale ondata di un maremoto.

Sto bene. La cura del dottor Di Giacomo ha fatto rapidamente effetto e la febbricola è scomparsa.

"Domani potrai tornare a scuola" dice mia madre prima di andare in ufficio. Sono le otto del mattino. L'ultimo mattino che Guido trascorrerà a casa nostra.

"Non posso andarci oggi, mamma?"

Interviene Guido: "Ti sei appena rimessa. Non è prudente".

Ormai ho il *terrore* di restare sola in casa con lui. Lancio a mia madre una occhiata supplice e insisto. Ma lei scuote la testa. "Ieri sera eri ancora accaldata... Guido ha ragione, andrai a scuola domani..."

La sera prima ero accaldata (e agitata, spaventata, piena di vergogna) perché Guido mi aveva di nuovo costretto a toccarlo. Si era masturbato tenendo la sua mano artigliata sopra la mia. Allora non sapevo che cosa fosse la masturbazione: ma il contatto sempre più frenetico con quella escrescenza liscia e dura, il suo gemere come se fosse ferito a morte mi parvero orribili.

Non riuscì a raggiungere l'orgasmo. Ma, anche questo, lo avrei capito più tardi.

Mia madre tornò a casa e ci chiamò allegramente

pochi minuti dopo che Guido aveva desistito. "Devi avere ancora la febbre", disse alla vista della mia faccia in fiamme.

L'odio per Mamma Orca sarebbe esploso ventiquattro ore dopo. In quel momento, semplicemente, io smisi di sentirmi sua figlia. Quella donna che non vedeva, non sentiva, non capiva era diventata, d'un tratto, una estranea. Non ho mai dimenticato quella sensazione di distacco.

Agli occhi di mia figlia io ho perduto il carisma della persona infallibile: adesso pende dalle labbra delle sue maestre e, se affermo una cosa diversa da ciò che sente da loro, sono io a sbagliare. A nove anni ha cominciato a scoprire il mondo fuori casa e ha bisogno di prendere le distanze da me per cercare altri punti di riferimento. Non voglio che si senta in colpa. E le permetto di provocarmi e di tenermi testa perché so che questo le serve per misurare il proprio potere.

Il rapporto con me è il suo terreno di allenamento, e mi ha scelto come "avversaria" perché sa che può osare senza temere colpi bassi. Inconsciamente, mi esprime fiducia e amore. Spero di essere all'altezza di questa scelta e di non deluderla mai. Sarebbe insopportabile se smettesse di sentirsi mia figlia.

Il ruolo di madre non mi ha mai fatto trascurare quello di moglie. Se Michele fosse stato un uomo poco interessato al sesso e il suo desiderio per me si fosse affievoli-

l'amante appassionata limitandomi a una compartecipazione essenziale.

Mio marito non disse nulla. Prima che i nostri rapporti cessassero, facevamo l'amore soltanto una volta alla settimana.

VI

OGGI

Michele è tornato due giorni fa da Roma e ha già ripreso a lavorare regolarmente. Tutti i test e le analisi a cui l'hanno sottoposto sono stati tranquillizzanti. «Ha il cuore di ferro e il sangue di un innocente» ha commentato scherzando un suo amico medico a cui ha mostrato la cartella clinica.

Non ho visto né sentito Sara, ma sono certa che, diversamente dal colesterolo o dai trigliceridi, la passione di mio marito per lei è schizzata verso picchi altissimi.

Non se n'è ancora andato da casa perché è una decisione molto dolorosa e difficile da prendere.

Una sera di tre anni fa irruppe in casa nostra Gabriele, un vecchio amico di mio marito. Si era sposato dieci mesi dopo di noi con Gisèle, una ragazza molto carina e simpatica che aveva conosciuto durante un viaggio a Parigi.

Era la sola coppia che frequentavamo con una certa regolarità e Gisèle era una delle persone di cui sarei potuto diventare davvero amica se ne fossi stata capace. Mi piacevano la sua gentilezza e la sua disponibilità. Apprezzavo il suo essersi integrata con tanto entusiasmo in un Paese non suo. Ammiravo le sue capacità organizzative: in cinque anni di matrimonio aveva avuto tre figli, ma non l'ho mai vista perdere la pazienza né mai sentita lamentarsi di essere stanca.

Michele scherzava spesso. "Dopo di te Gisèle è la donna migliore che esista... Gabriele è stato fortunato a incontrarla!"

Eravamo certi che anche il loro matrimonio fosse sereno come il nostro.

E invece Gabriele ci confessò che si era innamorato di un'altra. Per noi fu una doccia fredda.

"Come è possibile?" chiesi sbalordita.

Gabriele scosse la testa con una espressione rassegnata e mesta. "Succede..."

Michele ebbe uno scatto: "Soltanto agli irresponsabili! Hai tre bambini ancora piccoli e una moglie che ti adora: ritorna in te!".

"È questo l'aiuto che mi dai?" chiese Gabriele risentito.

"Se sei venuto qui per essere capito e incoraggiato ti sei sbagliato di grosso. Non riesco nemmeno a *concepire* che un uomo distrugga la famiglia per inseguire un romantico sogno di felicità. Non si fa. È immorale."

Gabriele si irrigidì. "Non è *morale* nemmeno essere infelici..." enunciò in tono declamatorio.

"L'hai letto in un foglietto dei cioccolatini?"

A quel punto intervenni io. "Non stavi bene con Gisèle? Eri così innamorato di lei quando l'hai sposata!"

"Sono passati dieci anni, Paola."

Michele lo fissò. "La tua gioia di un amore nuovo sarà piccola cosa rispetto al dolore che ti lascerai alle spalle. Spezzerai il cuore di tua moglie."

"Il mio amore per Alessia non è un capriccio o una botta di passione... E non è neppure *nuovo*. Ti ricordi? Alessia era la mia compagna di banco in prima liceo. Soffrii molto quando..."

"Gesù" Michele lo interruppe. "Abbandoni Gisèle e i bambini per la nostalgia di una storiella adolescenziale?"

"Ero molto innamorato di lei. E sei mesi fa, quando l'ho rivista, ho capito di non averla mai dimenticata. Non *abbandonerò* la famiglia" Gabriele tenne a puntualizzare. "E sto cercando le parole giuste e il momento adatto per fare capire a Gisèle che continuerò a occuparmi dei bambini e resterò sempre suo amico."

Quando Gabriele se ne andò, deluso per non aver trovato l'aiuto che sperava, Michele si sfogò con me. "Per trent'anni, senza accorgermene, sono stato amico di un cretino. Non ho mai sentito una tale sequela di banalità e fesserie. Non credo che per sua moglie sarà una gran perdita vederlo andare via."

"Nonostante tutto lo ama. E lui le spezzerà il cuore" protestai.

"Resterà sempre suo *amico*" Michele disse con sarcasmo. "L'importante è che trovi le *parole giuste* e il *momento adatto* per farglielo capire."

"Se capitasse anche a te di imbatterti in una irresistibile Alessia, non farti tanti problemi: dimmelo anche sull'ascensore, davanti alla cassa del supermercato o mentre mi sto depilando le ascelle." Cercai di scherzare, ma ero tristissima.

Michele mi sorrise. "Una donna irresistibile l'ho già incontrata. Dovrei impazzire, per lasciarti."

Di tutte quelle certezze non ne è rimasta una: per quanto mio marito sia pazzo di Sara, per decidere di vivere con lei deve fare violenza ai suoi principi e alla sua natura rigorosa e buona. Non ci è ancora riuscito.

Perché non lo aiuto? Anche io devo farmi violenza per continuare a vivere con un uomo che sta con me per compassione, per dovere, per non spezzarmi il cuore. Ma non ho il coraggio di dirgli: va' pure, smettila di preoccuparti per me, non perderai l'affetto di tua figlia. Non sopporterei di vedere nei suoi occhi il sollievo di sentirsi libero. O, peggio ancora, il dolore di non amarmi più.

Ogni tanto mi viene in mente la vecchia affermazione di Gabriele: non c'è niente di morale nell'essere infelici.

Dopo quella sera, Michele non volle più frequentare il vecchio amico. Gisèle è tornata a vivere a Parigi con i suoi bambini e abbiamo saputo che Gabriele ha lasciato anche Alessia per amore di una giovane giornalista di una televisione privata, pure uscita di scena. Fino ad alcuni mesi fa conviveva con una vedova di qualche anno maggiore di lui.

È morale inseguire una felicità che non esiste?

Ho cominciato a ricostruire il mio passato quando ho capito che Michele si stava allontanando da me.

La violenza di Guido aveva paralizzato la mia crescita emotiva. Travolta da una realtà mostruosa, e soprattutto da sentimenti e risentimenti tanto più grandi di me, per non esserne sopraffatta fui costretta a manipolarli.

A undici anni nessun bambino dovrebbe conoscere l'odio, il terrore, l'impotenza, i sensi di colpa, la bestialità umana. Io me ne difesi rielaborandoli in chiave infantile, la sola che mi era possibile. Trasformai lo stupro in una specie di trucida favola. Così nacquero la Bestia e Mamma Orca. Con il trascorrere del tempo avvertii l'inadeguatezza di questa rielaborazione e contemporaneamente realizzai tutta la gravità del danno che avevo subito.

Perché era accaduto proprio a me? Mi sentii vittima di una mostruosa ingiustizia e, di tutti i sentimenti, sopravvisse la rabbia. Odiavo il mondo intero.

Rischiai di diventare un'adulta ringhiosa condannata a girare a vuoto intorno al proprio vittimismo narcisistico. Paradossalmente, da questo rischio mi preservò la sommersa disistima che lo stupro aveva ingenerato in me. Non mi amavo abbastanza per coltivare a vita il culto della Martire e proseguire una estenuante Guerra Santa contro il mondo cattivo.

E ritornarono i sensi di colpa, i dubbi, i ricordi scartati come tasselli scomodi.

Ma ormai ero diventata una manipolatrice sapiente e, vent'anni dopo, ancora non distinguo tra ricordi reali e ricordi aggiustati.

Di fatto, ho eretto un filtro emotivo tra presente e passato.

Ripensando alla mia infanzia spezzata, riemergono la rabbia, il dolore, il rancore e l'impotenza di allora: ma dalla memoria arrivano a me come un'ondata svuotata di forza. Ne sono solo superficialmente lambita.

E più torno indietro nel tempo, più lucidamente capisco che la separazione da mio marito è inevitabile: il tentativo di ritrovare me stessa mi è stato fatale perché ho scoperto una donna confusa e piena di contraddizioni nella quale non riconosco la giovane adulta che fece innamorare Michele e lo ha reso felice per tanti anni. Questa donna forse la inventai.

Di certo, per essere amata da lui andai oltre la recita narcisistica della conquista, oltre la recita degli orgasmi simulati: feci di me un prototipo di seduzione trasformandomi nella compagna che lui voleva.

Al liceo ero molto brava in italiano. Come molte insegnanti, anche la mia avvertiva, senza rendersene conto, il coinvolgimento quasi intimidatorio dei temi che esprimevano disagio, pessimismo, dubbi esistenziali.

Io li vivevo realmente, ma per molti compagni l'infelicità era un vezzo letterario, un modo per mostrarsi e sentirsi più intelligenti e maturi della loro età.

Un giorno l'insegnante ci rimproverò affettuosamente perché abusavamo spesso dell'aggettivo *tragico*. "State attenti a non confondere dramma e tragedia" ci disse. "È un errore in cui incorrono anche molti cronisti."

Una mia compagna, in tono quasi provocatorio, chiese: "Può spiegarci la differenza?".

L'insegnante, senza scomporsi, ci diede una risposta illuminante nella sua semplicità: "Tragedia è sinonimo di morte. Un incidente, una perdita, una sparatoria si possono definire *tragici* soltanto se causano una morte. In tutti gli altri casi bisogna chiamarli un *dramma*".

Rivolta a tutta la classe concluse: "L'infelicità e la solitudine, per quanto insopportabilmente angosciose, sono drammatiche e *non* tragiche perché non c'è il morto".

La violenza di Guido fu una *tragedia* perché uccise l'adulta felice che avrei potuto diventare. Proprio perché ero una bambina naturalmente spensierata, fantasiosa (e più infantile dei miei undici anni) non potevo ancora avere la consapevolezza della felicità.

La felicità è la fine del dolore. Sei disoccupato e trovi un lavoro, tremi per la vita di tuo figlio e tuo figlio guarisce, la persona che ami ti abbandona e ritorna da te: non si può comprendere la felicità fino a quando non si sono conosciute l'angoscia, la paura, la perdita.

Io le conobbi troppo presto, e in modo disumano. Stuprando la bambina che ero, Guido uccise la sua capacità di essere felice. E *per sempre*, perché più ripenso alla sua violenza e più mi convinco che il dolore dello stupro non ha mai fine.

Il bambino percosso, sfruttato, abbandonato può essere salvato dall'amore. Un pasto caldo, una carezza confortevole, un luogo sicuro dove dormire già bastano a lenire la sua sofferenza. La violenza sessuale no. È la sola che non si cancella perché ti scaraventa in un buco nero dopo averti tolto per sempre le sicurezze e le fantasie dell'infanzia. Sei solo e irraggiungibile, in balia di incubi spaventosi.

Guido, violentandomi, mi ha reso una adulta disabile alla felicità: è come un handicap permanente.

Che cosa mi ha fatto illudere che il ricostruire il passato mi avrebbe aiutato a salvare il matrimonio? Ogni tassello rimesso al posto giusto rende sempre più nitida l'immagine di una unione sin dall'inizio condannata al fallimento.

I viaggi, i concerti, le estati in barca, le discese sulle piste innevate, le serate trascorse chiacchierando... Persino i ricordi più belli stanno perdendo la magia. Adesso so che li ho vissuti da handicappata, come una cieca che *vede* attraverso le descrizioni degli altri. È sempre stato Michele a emozionarsi, eccitarsi, divertirsi, sentirsi appagato: io ero una orecchiante di emozioni e stati d'animo che mi giungevano attraverso di lui.

Si è disamorato di me quando non ha retto più il gravame di una disabile emotiva. Non si può restare per sempre con un'anima morta.

Questa autodiagnosi mi ha causato un soprassalto di ribellione. Un'anima morta non può amare come io amo mio marito e mia figlia, un'anima morta non può soffrire come io soffro per il disamore di Michele.

D'impulso ho cercato sulle pagine gialle il nome di uno psicoanalista e ho chiesto un appuntamento.

Si chiama Antonio Magri e ha lo studio poco distante da casa mia. Quando l'infermiera mi accompagna da lui, si alza, mi tende la mano e indica una poltrona.

È un uomo sui quarant'anni dal fisico robusto, lo sguardo attento e i modi gentili. Si siede nella poltrona di fronte alla mia e chiede, con semplicità e senza preamboli, perché sono andata da lui.

«Sono stata stuprata a undici anni» rispondo di colpo. Abbasso la testa, spaventata, come se avessi gettato una bomba. Devo fare uno sforzo enorme per non fuggire. «Ho bisogno di aiuto», aggiungo in fretta. Con questa affermazione, voglio inconsciamente stabilire un contatto e precludermi una facile fuga.

«Non è mai stata in analisi?»

«A quattordici anni mia madre mi portò da una psicologa. Ma dopo un anno mi rifiutai di proseguire le sedute. Credevo di non averne più bisogno.» Mi correggo subito: «Non stavo affatto meglio».

Il dottor Magri riflette qualche istante. «Ha detto che è stata stuprata a *undici anni*. Perché sua madre aspettò tanto tempo per...»

«È stata colpa mia.»

«Mi spieghi meglio: *colpa* in che senso?»

«Per quasi tre anni non le dissi nulla. L'uomo che mi violentò era...» Mi interrompo. Non so come definirlo.

«Il suo compagno?» suggerisce lui.

«Sì. Era appena venuto a vivere a casa nostra. Mia madre non era come può credere... Non aveva mai convissuto con un uomo.»

«Che rapporto ha, oggi, con sua madre?»

«Inesistente. Si è sposata con un italoamericano e da tredici anni vive a New York.»

«E suo padre?»

«È morto. Ma con lui non ho mai avuto rapporti: quando sono nata aveva avuto già tre figli dalla moglie.»

Mi chiede se sono sposata. Gli rispondo di sì: sposata da quasi undici anni e con una figlia di nove. Mi aspetto, tremando, che chieda se ho parlato a Michele dello stupro, e invece torna al passato.

«Come reagì, sua madre, quando le confessò di essere stata stuprata?»

«Glielo dissi rabbiosamente durante una lite... Urlando... E lei credette che volessi provocarla, ferirla...»

«In altre parole, non le credette.»

«Non lo so. Era una cosa tanto orribile che, forse per difesa, si *rifiutò* di credermi.»

Mia madre scoppiò a piangere. E poi, urlando, come me, mi disse che avevo inventato lo stupro per ferirla... "Perché mi odi tanto? Che cosa ti ho fatto?"

È un ricordo che avevo perduto. Il dottor Magri mi riconduce al presente. «Lei sta difendendo sua madre» osserva.

«Ho smesso da molti anni di odiarla.»

«Perché non l'ha più rivista, da quando è andata in America?»

Mi stringo nelle spalle. E mentre cerco le parole per dirgli che ho smesso di sentirmi sua figlia, per la prima volta mi rendo conto che c'è un'altra spiegazione: il mio ruolo di figlia finì, drammaticamente e precocemente, nei giorni dell'odio e oggi mi sento soltanto moglie e madre. Rivisitare e rimettere in discussione il rapporto con mia madre equivarrebbe ad aprire un fronte di problemi dolorosi e inutili.

Lo guardo. «Sono ormai distaccata da lei» riassumo.

Lui non insiste. Mi dà l'impressione di capire anche le cose che non dico. E cambia argomento.

«Si sente una buona madre?»

«Sì. È l'unico ruolo nel quale mi sento adeguata. Sicura.»

Gli ho offerto, su un piatto d'argento, la domanda più temuta: che, difatti, subito arriva.

«E nel ruolo di moglie, come si sente?»

«Mio marito ha una relazione con un'altra donna. Come moglie sono...»

Un fallimento? Un gravame? Una palla al piede? Ancora una volta, non trovo la parola corretta per definirmi. Ma pare che all'analista non interessi.

«E prima di questa relazione, i vostri rapporti com'erano?» chiede.

«Apparentemente sereni. Mio marito era molto innamorato di me.»

«E lei?»

«Anche io. Lo sono ancora.»

«Le ha parlato dell'altra donna?»

Nego con la testa. «È un uomo onesto e con un connaturato senso del dovere.»

Per qualche istante il dottor Magri mi fissa di nuovo in silenzio. «Presumo che lei si attribuisca tutte le colpe del tradimento di suo marito» dice poi.

«Lo giustifico. Era inevitabile che smettesse di amarmi.»

«E perché?»

D'un tratto sono stanca delle sue domande corrette e prevedibili. «La violenza che ho subito a undici anni mi ha condizionato tutta la vita. Sono venuta da lei perché ho capito che vent'anni dopo *non può* essere un problema ancora irrisolto. E così devastante.»

Con gentilezza, con pazienza, il dottor Magri mi ha spiegato ciò che già sapevo: è rimasto un problema irrisolto perché per troppo tempo l'ho aggirato ed elaborato da sola. Era tardi anche quando mia madre mi portò dalla psicologa: ma se avessi proseguito le sedute, sicuramente ne avrei tratto un vantaggio.

E mi ha congedato dicendo che, se davvero desidero un aiuto, dovrò impegnarmi ad affrontare un periodo di analisi molto lungo. Gli ho risposto che ci penserò.

Temo che lascerò cadere il proposito di telefonargli. Tra i tanti condizionamenti di uno stupro c'è anche quello di diventare incapaci di prendere decisioni importanti. Mentre un uomo ti immobilizza e ti violenta conosci anche l'impotenza: non puoi fare *niente*. Questa paralizzante consapevolezza ti resta addosso per sempre.

VII

IERI

Mia madre va al lavoro salutandomi con un allegro ciao della mano e raccomandandomi di "fare la brava" con Guido. Crede che io sia di malumore perché non mi ha permesso di tornare a scuola quella mattina e non si accorge che sono spaventata, inquieta.

Guido torna nella sua stanza. Mia madre continua a ignorare che resta a letto fino a mezzogiorno e non si chiede perché, da quando vive con noi, non è mai stato chiamato per fare un impianto o un collaudo.

Vado in soggiorno e accendo la televisione. Infantilmente, in soggiorno mi sento più protetta che non nella mia stanza perché l'ho sempre vissuto come uno spazio aperto, dove si riceve e si sta insieme.

Su Italia 1 trasmettono il cartone di *Heidi*. Quando è finito, cambio canale e guardo *La casa nella prateria*.

Arriva l'una che nemmeno me ne accorgo. Ho fame, e raggiungo la cucina. Apro il frigorifero e mangio due formaggini. Il pane non c'è.

Guido sopraggiunge alle mie spalle. "Non devi mangiare fuori dai pasti, lo sai che la mamma non vuole."

"Ho fame."

"Torna di là a guardare la televisione. Preparo due spaghettini e quando sono pronti ti chiamo."

Guido è un bravo cuoco e cucina tutte le sere. La mamma gli fa sempre i complimenti. In quel momento sento la paura allentarsi: forse Guido si è pentito di avermi chiesto quelle brutte cose.

Mi chiama mezz'ora dopo. Ha apparecchiato il tavolo della cucina con la tovaglietta scozzese bianca e verde e gli spaghetti sono già nei piatti. Comincio a mangiare con appetito.

"Buoni, vero?" chiede Guido.

"Sì, molto."

"Ne vuoi ancora?"

"No, grazie."

Li finisce lui, mangiandoli direttamente dalla terrina in cui li ha conditi.

Poi si versa un bicchiere di vino e, tenendo sollevata la bottiglia, mi strizza l'occhio. "Ne vuoi un goccetto anche tu?"

Scuoto energicamente la testa. "Grazie, non mi piace."

"Come fai a dirlo? Non l'hai mai assaggiato."

"La mamma non vuole."

Posa la bottiglia sul tavolo e mi sento enormemente sollevata, come se avesse deposto un'arma.

Ma l'argomento non è chiuso. Guido mi guarda con un sorrisetto complice. "Signorinella, fatti furba: le madri proibiscono le cose più belle, e se non impari a disubbidire ti perderai il meglio della vita."

"Mia madre non è così" protesto.

"Davvero? Pensaci. Non ti fa stare alzata alla sera, devi vedere solo i film che dice lei, non puoi giocare prima di avere finito i compiti, ti obbliga ad andare a scuola con i tuoi bei capelli legati da un elastico."

Lo squillo del telefono interrompe quel suo discorso

che non mi piace per niente. La mamma è sempre gentile con Guido, e non capisco perché Guido parli male di lei.

"Vado a rispondere" dico alzandomi.

È Nicoletta, la mia compagna di banco. Vuole sapere come sto e quando tornerò a scuola.

Le spiego che ho avuto la tonsillite e una febbre che non se ne voleva andare… Le chiedo se l'insegnante di lettere ha restituito i temi in classe, se c'è ancora la supplente di matematica, se il preside ha comunicato la data della gita scolastica.

Indugio al telefono sperando che Guido, nel frattempo, abbia finito di mangiare e sia tornato nella sua stanza. Lo fa tutti i giorni.

È ancora in cucina.

"Chi era al telefono?" si informa.

"Una mia compagna di scuola."

"Non la finivi più di chiacchierare! Siediti, devi ancora mangiare." Noto che la bottiglia di vino è quasi vuota.

"Non ho più fame, grazie. Devo andare a fare i compiti per domani."

"Eh, quanta fretta…" biascica. Il suo tono si fa, d'un tratto, imperioso. "Siediti, ti ho detto." Indica la scatola dei formaggi sul tavolo. "C'è la ricotta che ti piace."

Non ho più fame, sto per ripetere. "Prenderò un frutto" dico ad alta voce, correggendomi. Apro il frigorifero e tolgo dal cestello una banana.

"Non si mangia in piedi" Guido osserva, rifacendo il verso a mia madre.

Torno a sedermi diligentemente. Sbuccio la banana e la addento.

"Non così" Guido mi riprende con una strana voce.

Lo guardo senza capire e anche nei suoi occhi c'è una luce strana.

79

"Ti ricordi un bel film che ti ho fatto vedere? Quello della ragazza che giocava col lecca-lecca?"

Non giocava! La protesta mi resta in gola, strozzata dalla vergogna. Un uomo nudo si toccava in mezzo alle gambe e dopo ha buttato la ragazza sul divano e lei ha cominciato a muoversi e a lamentarsi.

È stato in quel momento che Guido mi ha preso una mano e si è fatto toccare. Io sono scappata via. Vorrei scappare anche adesso, ma gli occhi di Guido mi fanno sentire come incatenata.

"Avanti, da brava… Se la banana ti piace devi leccarla, succhiarla, morderla piano piano come la ragazza del film…" Guido ordina con voce perentoria e affannosa.

Fa il giro del tavolo per venirmi vicino e il terrore che mi raggiunga ha l'effetto di una scossa. *Riesco a muovermi*. Getto a terra la banana e corro verso il bagno. Solo lì posso essere al sicuro, perché la mia stanza non ha la chiave.

Per maggior sicurezza, spingo l'armadietto delle scarpe contro la porta e resto con l'orecchio teso.

"Perché non sei uscita da casa per chiedere aiuto alla vicina, al portinaio?" Tre anni dopo, quando la psicologa mi fece questa domanda, provai fastidio e anche rabbia.

"Ero una bambina spaventata!" risposi di getto. "Le pare che avrei potuto *ragionare*? Fare qualcosa di *logico*?"

"Sei corsa nel bagno perché aveva una chiave. Hai spinto l'armadietto contro la porta. Eri spaventata, ma decisa a difenderti."

"Dove vuole arrivare? Che cosa vuole farmi dire?"

Finsi di non capire perché *mi rifiutavo* di demolire la barriera di autodifesa che avevo eretto in quei tre anni. Quelle barriere erano basate sull'odio per Mamma Orca.

Quando corsi a chiudermi in bagno era ancora mia madre. E vent'anni dopo trovo il coraggio riportare a galla la verità che non osai confessare alla psicologa.

Buttai a terra la banana, come a disfarmi di una cosa oscena, e istintivamente corsi verso la porta di casa per chiedere aiuto a qualcuno. Guido di sicuro non mi avrebbe seguito.

Ma dirottai verso il bagno *per proteggere la mamma*.

Debbo impiegare molto tempo per analizzare – e spiegarmi – l'ondata di pensieri che mi allontanarono dall'unica via di salvezza. *Busso alla porta accanto, dove abita la signora Anita, gridando aiuto. Lei mi apre. Chiede che cosa è successo. Devo dirle che Guido vuole farmi fare delle brutte cose. Lei telefona in ufficio alla mamma. La mamma corre e caccia via Guido. Poi piange. Mi chiede scusa. La signora Anita la sgrida per avermi lasciata sola in casa con lui. La mamma dice che ha ragione e piange ancora più disperata. La signora Anita racconta a tutti che Guido è un farabutto, e così la mamma smette di uscire e di andare in ufficio perché si vergogna ancora più di me.*

Vent'anni fa, questo crescendo di considerazioni e di certezze raggiunse la mia mente di bambina con la velocità della luce. *Non posso farlo*, conclusi mentre chiudevo la porta del bagno.

Col cuore che batte forte mi accovaccio contro l'armadietto delle scarpe e sento i passi di Guido avvicinarsi.

"Non fare la bambina! Volevo solo giocare!" dice con voce impastata.

Procede oltre. Entra nella sua stanza e chiude la porta sbattendola forte. Poco dopo, accende il televisore che sta sul comò alla destra del letto.

Non posso restare chiusa per sempre dentro al bagno,

penso. Il suono del televisore si alza e si abbassa: Guido sta passando da un canale all'altro, e questo vuol dire che è nella stanza.

Adagio adagio sposto l'armadietto delle scarpe e mi fermo. Dopo qualche minuto giro la chiave nella toppa e mi fermo di nuovo. Guido ha spento il televisore e sta russando forte.

Adesso, mi ordino. Spalanco la porta e corro nella mia camera. Faccio per spostare la scrivania, ma ho paura che il rumore svegli Guido.

"Perché ti sei messa a letto?" Domande, domande, ancora domande. Ricordo che guardai Anna con irritazione. "Non lo so! Forse perché ero molto stanca."

La risposta vera me la sono data col tempo: il mio letto, con la casa degli orsi e il bosco pieno di alberi, fiori e funghetti stampati sulla trapunta, mi apparve un *rifugio sicuro*.

Per sentirmi ancora più protetta, mi raggomitolai tirandomi la trapunta sopra alla testa. E mi addormentai. La paura mi aveva svuotato di ogni energia.

Mi risveglia, di colpo, il bussare alla porta. È la mamma, penso con sollievo. Guardo istintivamente l'orologio sul comodino: sono le quattro e la mamma non torna mai prima delle sette.

"Posso entrare, bambina cattiva?" È Guido: già dentro la mia stanza.

Resto immobile e trattengo il respiro, implorando tra me che se ne vada. E invece lo sento avvicinarsi.

Con un gesto brusco solleva la trapunta. "Facciamo finta di dormire, eh?"

"*Stavo* dormendo... Ho sonno..."

"Niente tettine" dice con voce assorta curvandosi su di me. Ha gli occhi gialli chiazzati di rosso. La sua voce puzza di vino.

Faccio per tirare su la trapunta, ma Guido mi ferma.

"Lasciati guardare."

"Vattene!" grido spaventata.

Guido mi solleva di forza, afferrandomi per le ascelle, e mi mette seduta di traverso sul letto. Poi si erge davanti a me. Lentamente, imprecando, annaspa in mezzo alle gambe per slacciarsi i pantaloni.

Sono come ipnotizzata. Dalla cerniera aperta emerge un rigonfio grosso e molliccio.

Mi alzo di scatto, ma Guido mi ributta giù.

"Vattene!" grido di nuovo.

"Se stai buona, non ti faccio niente" Guido ansima. Con una mano mi tiene inchiodata al letto e con l'altra si tocca freneticamente.

"Guardami" ordina.

"Ti supplico, non..."

"*Guardami*!" ripete in tono ancora più imperioso.

Il rigonfio molliccio è diventato come quello che mi fece toccare la seconda volta. Sembra un serpente rigido e bianco. Mi afferra la mano e la spinge contro al serpente. "Avanti, allarga le dita... *Subito*!"

"Se lo avessi toccato, non sarei stata violentata" dissi ad Anna con voce triste. Eravamo alla decima seduta, e fu la prima e forse unica volta in cui mi lasciai andare a una ammissione spontanea.

"Allora non potevi capirlo. E non puoi incolparti anche per questo, Paola."

"Stava per avere un orgasmo" replicai. "*È stata* colpa mia se non ho fatto quello che mi diceva e ha perso la testa."

Lo sguardo stupito e interrogativo della psicologa risvegliò l'abituale reazione di fastidio. "Dopo lo stupro ho letto molti libri" aggiunsi in tono aggressivo "e non deve meravigliarsi se sul sesso so tutto quello che c'è da sapere."

"Non proprio tutto. Sei certa che se lo avessi toccato avrebbe raggiunto l'orgasmo? La sessualità di Guido era patologica, e probabilmente non sempre riusciva ad avere un orgasmo eccitandosi coi giornaletti e le videocassette pornografiche... Che sia stato un raptus o una violenza intenzionale, quando ti ha visto sola e indifesa nella stanza ha perso la testa e ha *voluto* penetrarti."

La mano di Guido guida la mia, su e giù, con un movimento frenetico che ho già conosciuto. Solo che adesso non si ferma e non posso scappare. Continua a gemere, a lamentarsi, a imprecare...

D'un tratto si ferma. Alza la testa e scorgo nei suoi occhi qualcosa che mi raggela: una luce esaltata e inebetita, come da bestia.

Mi sento perduta. Quando arriva la mamma? Guardo la sveglia: sono le quattro e sedici. *Sono* perduta.

Istintivamente, con il coraggio del terrore, sollevo le gambe e gliele punto contro con forza per allontanare la Bestia da me e crearmi un varco per la fuga.

La Bestia resta in piedi, come un colosso. Allunga le zampe e mi sdraia con violenza sul letto. Poi mi mette nel verso giusto, con la testa sul cuscino. "Non muoverti. Guai a te se ti muovi" dice respirando forte. Lo vedo sfilarsi i pantaloni e gli slip con gesti rapidi. Il serpente bianco è duro e orribile.

Guardo la sveglia: le quattro e diciassette. Un corpo enorme mi piomba addosso, a peso morto. Tento di divincolarmi, urlo.

Guido mi dà uno strattone ai capelli e mi schiaccia contro il letto con il palmo aperto di una mano, mentre con l'altra mi solleva la gonna...

Respira forte, come se gli mancasse l'aria. Sta morendo, penso. Ma la mano sale con forza e mi lacera le mutandine. "Allarga le gambe" ansima facendo leva tra le mie cosce.

In un ultimo tentativo di difesa tento di graffiarlo, ma Guido mi afferra entrambe le braccia e, dopo avermele sollevate sopra la testa, mi inchioda in quella posizione.

"Allarga le gambe" ripete. Sento il suo membro enorme tra le cosce e le sue dita che annaspano e frugano per guidarlo dentro di me.

Caccio un urlo di dolore: è come se una spada mi si conficcasse in mezzo al corpo. Urlo, urlo e urlo, ma odo soltanto il respiro affannoso e i mugolii bestiali di Guido mentre il suo corpo si alza e si abbassa con un ritmo sempre più convulso. Alla fine ricade e si ferma con un grugnito da maiale abbattuto.

Ricordo di aver guardato la sveglia: *le quattro e venti*.

"Guido ti disse qualcosa?" mi chiese Anna.
"No."
A un certo momento lo udii aprire e chiudere la porta d'ingresso e fu mia madre, due ore dopo, ad accorgersi che aveva portato via tutta la sua roba... Portò via anche la maglietta di cotone posata ai piedi del letto, quella con

cui si era ripulito dal suo sperma e dal mio sangue, perché non la trovai più.

Quel gesto di ripulirsi fu il solo che notai prima che lasciasse la mia stanza: avevo aperto gli occhi sperando con tutta me stessa che avesse perduto le sembianze umane per trasformarsi per sempre in una bestia. Questo mi avrebbe impedito di odiare mia madre, di sentirmi colpevole, di diffidare del genere umano, di indurirmi il cuore.

Subire la violenza di una bestia feroce è fatalità, disgrazia.

Quando vidi che Guido era rimasto un uomo, e il mio ultimo soprassalto di ingenuità fu deluso, la mia infanzia era sparita per sempre.

Tra le poche cose che mi piacevano di Anna c'era il rispetto dei miei silenzi e il suo non insistere quando mi rifiutavo di rispondere a una domanda.

Passava subito a un'altra. Ripensando a quelle sedute, mi sono cinicamente convinta che la mia psicologa basasse le sue analisi anche sulle statistiche: più domande faceva, maggiori erano le probabilità di avere delle risposte.

Nel mio caso, rientrava nel calcolo anche l'incapacità di tenere testa alle persone più agguerrite di me. Dopo qualche tentativo di difesa, finivo col cedere per stanchezza.

Così fu dopo la serie dei "non so", "non voglio parlarne" conclusasi con il rifiuto di raccontare cosa avvenne subito dopo lo stupro.

"Perché non dicesti nulla a tua madre?" Anna chiese. "Volevi continuare a proteggerla?"

"Ero certa che non mi avrebbe creduto."

"Ma tua madre ti amava."

"Se mi avesse amato davvero, non mi avrebbe lasciata

sola in casa con un uomo appena conosciuto. E si sarebbe accorta che mi stava molestando."

"Avresti dovuto dirglielo. Metterla in guardia."

"Ero una bambina! Non sono i bambini che devono mettere in guardia i genitori!"

La porta di casa che si chiude, l'ascensore che si ferma al pianerottolo e poi riparte: sono i primi rumori che avverto e che per qualche istante mi restituiscono la nozione del tempo.

Le cinque. Capisco che Guido se n'è andato, ma non provo sollievo e non temo che ritorni.

Più avanti negli anni avrei appreso che gli stupratori come Guido sfogano la loro eccitazione in una eiaculazione rabbiosa e precoce. Guido raggiunse l'orgasmo in tre minuti e durante quei tre minuti, a soli undici anni, fui sopraffatta da tutto il dolore del mondo: la vergogna, il terrore, l'angoscia, l'abbandono, la solitudine, l'ingiustizia, lo strazio fisico, la bestialità umana, la desolazione totale.

Dalle quattro e diciassette alle quattro e venti precipitai dall'infanzia all'inferno. Come ho fatto a non impazzire?

VIII

OGGI

Mentre preparo la cena, Michele e Francesca guardano la televisione in soggiorno. Li sento ridere, e mi fa piacere che il loro rapporto sia così allegro, senza ombre.

Il telefono squilla mentre sto buttando la pastina nel minestrone.

«Rispondi tu, mamma!» grida Francesca dal soggiorno.

«Rispondi tu, Michele!» le faccio eco. Hanno il telefono a quattro passi.

«Non può, è una scena importante!» Ancora Francesca.

Abbasso la fiamma del gas e vado in soggiorno. Ma il telefono ha smesso di squillare.

«Dobbiamo ricordarci di comperare un nuovo cordless» osserva Michele.

«Silenzio, papà!» intima Francesca.

Il telefono squilla di nuovo prima che sia tornata in cucina. Al mio «pronto» risponde una gradevole voce femminile: «Sono Carla, volevo sapere come va».

Non conosco alcuna Carla, né riconosco quella voce. «Mi scusi, con chi vuole parlare?»

«È casa Ferri?»

«Sì.»

«Volevo parlare con la moglie dell'avvocato.»

«Sono io.»

«Sara, non mi riconosce? Sono Carla, la caposala. Le avevo promesso che ci saremmo risentite per...»

«Aspetti, le passo mio marito» la interrompo. Michele mi sta guardando e gli faccio segno di venire al telefono.

Torno in cucina, alzo la fiamma del gas e butto la pastina nel minestrone.

La signora Ferri. Durante il ricovero di Michele, Sara si è spacciata per sua moglie. O è stato Michele a presentarla come tale. Adesso capisco perché ha insistito con tanta veemenza perché non partissi per Roma. Più che umiliata, mi sento triste.

Michele mi raggiunge alla fine della telefonata. Ha l'aria triste anche lui. "Mi dispiace" mormora.

Non minimizza, non improvvisa una spiegazione, non ricorre al ridicolo "non è come credi": nel momento in cui sto per perderlo, sono costretta ancora una volta ad apprezzare la sua onestà.

«Sì, lo so.»

Francesca irrompe in cucina: il film è finito e ha una fame *da morire*.

Ceniamo in silenzio: è nostra figlia a intrattenerci. La sua loquacità, la sua vivacità, la confidenza che ha con noi sono la mia sola consolazione. Nonostante tutto, sono riuscita a essere una buona madre. E sono certa che Michele saprà restare un buon padre anche dopo che se ne sarà andato.

Alle nove Michele esce dalla stanza di Francesca e mi raggiunge in cucina. Ho sparecchiato, caricato la lavastoviglie e sto incollando sul catalogo i bollini premio del supermercato.

Michele sposta una sedia e si siede davanti a me. «Finito il praticantato, Sara andrà a lavorare in un altro studio» dice subito.

Dà per scontato che io sappia della loro relazione, e risparmia a entrambi il disagio di rievocare e giustificare l'"attrazione fatale". Ma non capisco perché voglia privarsi della sua collaborazione: Sara è anche un bravo avvocato.

Michele previene la mia obiezione. «Non mi separerò *mai* da te e da Francesca. Sara è ancora una ragazza e deve trovare la sua strada.»

«Forse l'ha trovata con te.»

«Io sono un uomo sposato.»

«Questo non le ha impedito di innamorarsi di te!» Mi accorgo di aver alzato la voce, mentre l'ultima cosa che voglio è polemizzare o giudicare. «Non la sto condannando. Né tu né lei dovete sentirvi in colpa» aggiungo.

«Ma è così che ci sentiamo. Non avrebbe mai dovuto succedere.»

«È successo e basta.»

«Parli come Gabriele! E hai dimenticato quello che, giustamente, gli dicesti quando piantò Gisèle e i loro tre bambini per inseguire la sua Alessia: *spezzerai il cuore di tua moglie.*»

«Gabriele era un irresponsabile e un sognatore. Tu sei un bravo marito che si è innamorato di un'altra donna. Non sopporto di tenerti legato per compassione e per dovere, la vera sofferenza per me sarebbe questa!» Ho alzato ancora la voce.

La alza anche lui. «Ma io ti voglio bene! *Ti amo!*»

«Ami i nostri ricordi, la vita che abbiamo avuto... Ma non è rimasto altro all'infuori dell'affetto.» Lo guardo. «So da molti mesi che il nostro matrimonio è finito e devi onestamente riconoscerlo anche tu.»

Scuote vigorosamente la testa. «Non è finito. Devo capire che cosa mi è successo, perché ho smesso di...» Si interrompe arrossendo. «Sara non mi ha mai distolto dai miei problemi, dagli interrogativi senza risposta. Io voglio ritrovare te, non rifarmi una nuova vita con lei.»

Quando andiamo a letto, mi passa un braccio sulle spalle e mi tiene vicina, in silenzio. Poco dopo sento il respiro del sonno. Devo tornare dall'analista, penso. Ho bisogno di aiuto.

Il dottor Magri mi riceve due giorni dopo, durante l'intervallo del mezzogiorno. Gli dico subito che non ho ancora deciso se affrontare o no una terapia a tempo indeterminato.

«Vent'anni di fai-da-te» sorrido mestamente «hanno creato difese e condizionamenti difficili da rimuovere. Però...» Mi interrompo.

Mi imbarazza chiedergli se può ignorare questi vent'anni e aiutarmi a salvare il mio matrimonio. So che non è una richiesta corretta, so che l'analista non è il medico che ti fa la visita e ti prescrive il farmaco né l'amica a cui confidi un problema per avere un parere o un suggerimento.

Il dottor Magri mi osserva in silenzio aspettando che prosegua. «Ho bisogno di aiuto, *subito*» dico d'un fiato. «Mio marito non vuole separarsi, ma io non voglio renderlo infelice...»

Lo sguardo dello psicologo si è fatto più attento, ma il silenzio continua. Taccio anch'io, sentendo una sottile animosità insinuarsi dentro di me. *Vediamo chi resiste più a lungo.*

Il senso del ridicolo pone fine alla patetica sfida. «Vorrei il suo aiuto» confesso.

«Non posso darglielo se non conosco il suo problema.»

«Ne ho più d'uno. E tutti sono una conseguenza di uno stupro che ho lasciato diventare come una malattia vergognosa e incurabile. Odio il sesso, ma fino a un anno fa ho recitato con mio marito la parte dell'amante appassionata.»

«E poi?»

«Poi non ce l'ho fatta più. Adesso sono stanca. Talmente stanca che preferirei essere lasciata da lui pur di non dovere lottare ancora per salvare il nostro matrimonio. Michele è un uomo intelligente e sensibile. Se gli avessi parlato dello stupro e gli avessi confessato la mia repulsione per il sesso, sicuramente mi avrebbe capito. E la mia esperienza non sarebbe diventata un incubo.»

«Potrebbe parlargliene adesso.»

«Dopo undici anni? *Impossibile*!» esclamo.

«Il suo problema sta in questo viscerale *impossibile*, Paola.»

«Non capisco.»

«Lei non ha mai superato la paura, la vergogna, i sensi di colpa. Direi che ne è paralizzata.»

«Sta dicendo che non può aiutarmi?»

Il dottor Magri tace di nuovo e sento che sta cercando le parole giuste per rispondermi che no, non può. Ma sbaglio.

«Lei sa bene che il solo modo per salvare il matrimonio è raccontare tutto a suo marito. Sicuramente lui proverebbe amarezza e dolore per un silenzio durato undici anni, ma alla fine capirebbe. Se non se la sente di affrontare una lunga analisi, è soltanto da suo marito che può aspettarsi un aiuto.»

«Io chiedevo il suo, dottor Magri.»

«Che cosa, esattamente, si aspettava da me? Una illuminazione? Una terapia istantanea? Un prezioso suggerimento pratico?»

«Non lo so» sono costretta ad ammettere. «Stavo male e ho sentito il *bisogno* di parlare con lei.»

«E io l'ho ricevuta. Le ho persino dato il suggerimento pratico, cosa che un analista non dovrebbe mai fare perché il suo ruolo è condurre i pazienti a capire e a decidere autonomamente ciò che è giusto per loro. Ma *sono* un analista e non posso incontrarla quando ne ha bisogno, come se fossi un amico rassicurante e comprensivo.»

«Perché no?»

«Lei stessa ha ammesso di *stare male*: dopo vent'anni di manipolazioni e di angoscia è crollata. Non ha bisogno di rassicurazioni amichevoli, ma di un vero supporto.»

«Quanti anni dovrebbero passare prima di stare bene e di decidere autonomamente? Cinque? Dieci? E nel frattempo, che cosa ne sarebbe del mio matrimonio? Glielo ripeto: io ho bisogno di un aiuto, *subito*.»

«Tra stare male e stare bene esiste uno stato intermedio. Se vince le sue resistenze e accetta di incontrarmi regolarmente, in breve tempo si sentirà meglio.»

«Sottovaluta i vent'anni che ho alle spalle.»

Mi rivolge un sorriso. «Tutt'altro. Ha fatto dei tali disastri che, contrariamente a quanto crede, i suoi punti deboli emergono con una eccezionale visibilità.»

«Devo pensarci. Mi scusi. L'ho detto anche al termine del nostro primo incontro.»

«Ma stavolta il suo tono mi sembra più convinto.»

Esito qualche istante. «E se accettassi il suo suggerimento? Se trovassi il coraggio di dire la verità a mio marito e mi facessi aiutare da lui?»

«È la sola alternativa possibile. Ma la comprensione e l'amore di suo marito risolverebbero solo in parte i suoi problemi.»

Sara mi telefona: può vedermi, possibilmente fuori casa?

È una richiesta che mi spiazza. Prendo tempo: sì, certo, ma non subito. Sono molto in ritardo con il lavoro. È vero. Da qualche settimana sono totalmente deconcentrata da impegni e scadenze professionali.

Sara insiste: non può aspettare.

Le do appuntamento da Fosco, il ristorante poco distante da casa mia, per l'indomani all'una.

Quando arrivo, lei è già al tavolo che mi aspetta. Si alza come un soldatino, tendendomi la mano.

Fosco si avvicina con il menu e si complimenta con me: mi trova in gran forma. Mi fa piacere che si noti. Ho impiegato più di un'ora a truccarmi e pettinarmi per non avere l'aspetto sciatto e dimesso della moglie tradita.

Gli presento Sara, una collega di mio marito. Fosco, da toscanaccio sincero, non estende i complimenti anche a lei.

Io ordino il piatto del giorno, risotto con scamorza e zucchine, e Sara un'insalata mista. Penso tra me che avrebbe bisogno di una bella bistecca al sangue: non l'ho mai vista tanto tirata e smunta. Subito ricordo che, da brava ebrea, mangia soltanto *kosher*.

Accidenti a me, perché sono tanto animosa?

«Michele mi ha parlato della imbarazzante telefonata di Carla, la caposala» Sara dice d'un fiato appena restiamo sole. «Io non mi sono *mai* presentata come la moglie di Michele.»

«L'hai lasciato credere.»

«Per comodità! Bisognava firmare delle carte per il ricovero, prendere delle decisioni.»

«Capisco. È di questo che volevi parlarmi?»

«No. Detesto il ruolo della rubamariti» dice. La prende alla larga.

«Però hai una relazione con un uomo sposato» puntualizzo in tono pacato.

«Mi ci sono trovata dentro senza accorgermene. E comunque è una storia finita.»

La guardo in silenzio. La sua dialettica mi sembra piuttosto fiacca per un futuro penalista.

Riprende la parola. «Michele ti ha detto che appena finito il praticantato andrò a lavorare in un altro studio?»

«Sì. E io gli ho risposto che non voglio tenerlo legato con la forza.»

«Michele non si separerebbe mai da te!»

Lo ha fatto ogni volta che ha cenato con te, viaggiato con te, dormito con te, vorrei risponderle. Ma, malignamente, penso di tenderle la corda della banalità e dei luoghi comuni perché ci si impicchi da sola.

«Dopo undici anni, anche gli amori più grandi finiscono. Restano i doveri, la stima, i figli» recito.

«Lui *adora* Francesca.»

«È un buon padre. È un uomo straordinario. *Irresistibile*.»

Lo sguardo di Sara si illumina. «È proprio questo che non mi fa... che non mi ha fatto sentire in colpa. Innamorarmi di lui è stato più forte di me.»

Allungo la corda, mi ordino. «E poi sapevi di non rovinare niente: il nostro matrimonio era in crisi molto prima che arrivassi tu.»

Mi rivolge un sorriso ammirato. «Michele ha ragione, sei una donna eccezionale! Nessuna moglie sarebbe capace di tanta lucidità, tanta comprensione.»

Quando Fosco arriva con i piatti, non abbiamo altro da aggiungere sull'argomento lei, lui, l'altra e l'attrazione fatale. Porto il discorso su temi più frivoli: la dieta, la moda, le vacanze, il tempo.

Al momento di congedarci, Sara mi ringrazia ancora per l'amicizia che le ho dimostrato e aggiunge che, dopo questo incontro, si sente molto confusa e non è più certa delle sue decisioni.

Ascolta la voce del cuore, sto per dirle. Ma non voglio infierire oltre.

Diversamente da Sara, adesso ho le idee molto chiare sul nostro triangolo amoroso: siamo rimasti in due, io e Michele. Sara è stata l'ubriacatura, l'anestetico di un momento infelice che le preesisteva e che non è riuscita a lenire.

Se mio marito mi lascerà, non sarà per amor suo. Se resterà con me, non soffrirà per dover rinunciare a lei.

Questa certezza è nata rivedendo Sara: non più come la giovane praticante da ricevere e mettere a proprio agio, ma come la rivale da cui difendersi. All'epoca mi apparve una graziosa, educata e solare ragazza. Diedi per scontato che fosse anche intelligente.

Molti mesi dopo l'ho vista per come è: una venticinquenne molto più immatura della sua età, fisicamente insignificante e mentalmente rozza che si esprime per stereotipi e luoghi comuni.

Michele deve esserle apparso come un infelice eroe romantico e sicuramente la sua arma di seduzione è stata l'evidente ammirazione per lui.

Mio marito è un uomo profondo, colto, pieno di interessi: non riesco nemmeno a immaginare di che cosa abbia potuto parlare con Sara. Non credo di sbagliare ipotizzando che abbiano parlato poco e fatto molto sesso. Questo pensiero mi rattrista: Michele non saprà mai di aver lasciato l'unica donna che negli ultimi undici anni abbia amato anche il suo corpo.

IX

IERI

"Guido, Paola, dove siete finiti?" Mamma Orca è tornata dal lavoro e ci sta chiamando, sorpresa di trovare la casa deserta e avvolta nel buio.

"Se è uno scherzo, non mi sto divertendo! Paola, vieni fuori subito!"

Sono a letto, immobile, con la gonna sollevata come mi ha lasciato Guido. Ho perso la nozione del tempo e persino del mio corpo. Penso che resterò sdraiata per sempre in quel letto, con un dolore bruciante tra le gambe che non mi raggiunge più perché ormai fa parte di me.

La luce della stanza mi abbaglia. "Paola, dov'è Guido?" chiede Mamma Orca.

"Non lo so." Ascolto sorpresa la mia voce. *Parlo ancora.*

Lei se ne va. Sento dei rumori giungere dalla sua stanza e dal bagno. Poi di nuovo i suoi passi avvicinarsi.

"Si può sapere che cosa è successo?" Poiché non rispondo, lei incalza: "Guido ha portato via tutta la sua roba! Sei stata sgarbata con lui? Avete litigato?"

Faccio di no con la testa.

Lei se ne va di nuovo e attraverso la porta aperta la sento telefonare all'amica Lucia. Sì, certo che è sicura! Guido ha portato via *tutte* le sue cose! Paola dice di non saperne nulla. Una chiamata improvvisa? Un incidente? Ci ha pensato anche lei, ma Guido le avrebbe fatto una telefonata o lasciato un biglietto… È una persona perbene!

Alla fine della telefonata torna da me: "Sei sicura che Guido non ti abbia detto qualcosa o lasciato un messaggio per me? E tu non gli hai detto niente quando lo hai visto preparare le valigie?".

Ogni volta che ricostruisco il ritorno a casa di mia madre mi sforzo di riportare alla memoria un particolare, un gesto, una frase in seguito rimossi dall'odio per lei. Ma invano: quella terribile sera rimane sempre la stessa.

Mia madre, sbalordita e incredula per la sparizione dell'Uomo Perbene, non si curò affatto di me. Sono madre anch'io: se una sera, tornando a casa, trovassi Francesca immobile e muta nel suo letto, con una ciocca di capelli strappata, la faccia bianca come un cencio lavato e le dita macchiate di sangue raggrumato, sarei *terrorizzata*. La stringerei tra le braccia, le chiederei se sta male, le sussurrerei parole di amore e di rassicurazione.

Lei non mi vide. Scese al pianterreno per parlare col portinaio, bussò alla signora della porta accanto, cercò sull'elenco il numero della fabbrica di caldaie per cui Guido lavorava: e dopo ogni tentativo, suggerito dall'amica Lucia, le faceva una telefonata per riferirle quello che aveva scoperto. *Niente*!

Alle otto e mezzo irruppe nella mia stanza. "Per quanto ancora resterai lì a poltrire? Alzati, subito!" disse brusca.

Poiché non mi muovevo, mi scosse nervosamente. "Hai scelto il momento sbagliato per fare i capricci."

Mi sollevai sul busto e vidi la stanza girare.

Lei si allontanò per spalancare la finestra. "C'è un tanfo insopportabile, in questa stanza!"

Era tanfo di vino, di sudore, di sesso. Ma lei non capì.

Non so come riuscii a posare i piedi sul pavimento e a raggiungere il bagno. Ricordo che mi curvai sul water squassata dai conati di vomito: buttai fuori solo saliva aspra come fiele.

Mia madre era di nuovo al telefono.

Mi spogliai, aprii i rubinetti della doccia e cominciai a lavarmi. Avevo le braccia indolenzite e ogni movimento mi strappava un gemito. Con repulsione e paura mi strofinai la pancia per rimuovere la patina incrostata e biancastra dello sperma e scesi fino all'interno delle cosce. Il fondo della cabina si tinse di rosa e feci scorrere l'acqua a lungo.

Dopo quella sera, non feci mai più una doccia e cominciai a usare la vasca. Michele, nei primi mesi del matrimonio, mi prendeva spesso in giro per questa mia avversione. "Hai paura che arrivi Anthony Perkins con il coltello, come nel film *Psycho*?"

Uscita dalla doccia infilai l'accappatoio e tornai nella mia stanza.

Mamma Orca stava rifacendo il mio letto e mi rivolse un sorriso che ricordo con la stessa repulsione provata per l'acqua tinta di sangue: un sorriso infastidito, imbarazzato, senza calore. "Adesso sei diventata una signorina" disse. Mi indicò le lenzuola che aveva appena cambiato ed erano attorcigliate sul pavimento: "Hai avuto la tua prima mestruazione".

La mia espressione imbambolata le causò uno scatto. "Ho trovato le lenzuola macchiate di sangue. Non fare quella faccia, Paola, ti avevo spiegato che cosa sono le mestruazioni. Non c'è da spaventarsi, ti avevo spiegato anche questo."

Il mio ciclo mensile sarebbe iniziato due anni e mezzo dopo. A mia madre non lo dissi e il ricordo di quella che lei credette la mia prima mestruazione è desolante.

Recepii la sua reazione: avevo scelto il momento più inopportuno per *diventare signorina*, costringendola a cambiarmi le lenzuola e a rifarmi il letto al termine di una giornata estenuante. Non bastasse, ne stavo facendo un dramma: me lo aveva spiegato, no, che era una cosa normale?

Nei giorni che seguirono mia madre, aiutata dall'amica Lucia, fece tutti i passi possibili per rintracciare Guido. Per dignità esigeva una spiegazione! Non poteva permettergli di sparire a quel modo!

Non lo rintracciò nel suo paese: dopo aver venduto la casa, nessuno l'aveva più visto. Non seppe dirle nulla il titolare della fabbrica di caldaie. Stessa risposta dal portiere del residence in cui aveva abitato prima di trasferirsi a casa nostra.

Non si è più saputo nulla di Guido: sparito nel nulla. Tre anni dopo, quando mia madre apprese la verità, avrebbe voluto correre dai carabinieri per denunciarlo. Lucia la fece desistere. Realisticamente le spiegò che una denuncia per stupro, sporta dopo tanto tempo, sarebbe servita soltanto a riaprire vecchie ferite.

Ammesso che Guido fosse stato rintracciato e processato, un buon avvocato lo avrebbe fatto assolvere o condannare a una pena irrisoria. Il vero processo lo avrei subito io: interrogata, controinterrogata, sbugiardata, spinta a contraddirmi.

Ancor oggi sospetto però che il maggior deterrente, per Mamma Orca, sia stato il timore delle domande che avrebbero fatto a *lei*, genitrice imprudente, cieca e assente.

Nel momento in cui smisi di sentirmi sua figlia, smisi anche di odiarla. Cancellai tutti i bei ricordi dei miei primi undici anni e la figura materna si trasformò in una presenza estranea. Vivevo con una persona dalla quale non mi aspettavo niente e alla quale non dovevo niente.

"Mi provoca continuamente! È diventata una ragazzina ingovernabile e ribelle!" lei si sfogava.

Non capiva di sbagliare. La bambina perduta si era ritrovata in un mondo sconosciuto e tanto più grande di lei, quello degli adulti, e inconsciamente "si risarciva" del danno sentendosi in diritto di ribellarsi alle imposizioni materne.

Mi *governavo* da sola: se prendevo un brutto voto a scuola era un problema mio; se un vestito non mi piaceva, mia madre non poteva obbligarmi a indossarlo; se volevo abbuffarmi di Nutella lo facevo sotto ai suoi occhi; se un pomeriggio desideravo andare al cinema ci andavo senza chiederle il permesso.

Quando le figlie crescono, i genitori temono un solo pericolo, quello dei rapporti sessuali precoci. Mia madre non faceva eccezione. A quattordici anni io ero, obiettivamente, molto bella: alta poco meno di oggi, con un corpo già sviluppato, una folta massa di capelli ondulati che facevano da aureola a un viso illuminato da grandi occhi verdi.

Ignorando che il pericolo per lei più terrorizzante era l'unico che non potevo correre (la sola idea di essere baciata da un ragazzo mi suscitava una violenta repulsione), ogni volta che uscivo mia madre mi faceva un interrogatorio di terzo grado che si concludeva con una serie di raccomandazioni: sta' attenta, non accettare passaggi in macchina, non restare mai sola con un ragazzo, non avere fretta di bruciare la tua bella età…

Una sera le dissi che sarei andata a mangiare una pizza con i miei compagni di scuola. Era la prima volta che uscivo all'ora di cena. E fu la sera in cui le buttai rabbiosamente in faccia che il suo Guido mi aveva violentato.

"Prima di decidere, avresti dovuto chiedermi il permesso" mia madre osservò a labbra strette. La lite ebbe inizio qui.

"Ci sarei andata comunque."
"Non usare questo tono con me, Paola!"
"Vado a mangiare una pizza, non in America."
"A che ora torni?"
"Verso le dieci."
"Ci sono anche i ragazzi?"
"La mia è una classe mista."
"La madre di Simona mi ha parlato di un vostro compagno, Riccardo. C'è anche lui?"
"Credo di sì."
"Non dovresti frequentarlo! Ha due anni più di voi e pare che lo abbiano espulso dalla vecchia scuola per una brutta storia… L'hanno trovato mentre fumava uno spi-

nello con una ragazza nascosto in un gabinetto. Suo padre è avvocato e hanno messo a tacere tutto."

"In tutte le scuole c'è qualcuno che fuma spinelli."

"*Ti proibisco* di vedere questo Riccardo fuori dalla classe!"

Raddrizzai le spalle. "Mi fai pedinare? Mi accompagni e mi vieni a riprendere a scuola?" Non sopportavo che parlasse di Riccardo con quella astiosità, condannandolo senza averlo mai visto in base a pettegolezzi e chiacchiere. Tra tutti i compagni, era quello più rispettoso e gentile con me.

Mia madre mi lanciò un'occhiata di fuoco. "Smettila di provocarmi. Se continui così, sarò costretta a metterti in un collegio. Hai solo quattordici anni! Sei ancora una bambina!"

"Ne sei sicura?"

"Certo! E io ho il dovere di proteggerti."

La rabbia mi montò alla testa. "Dov'eri tre anni fa, mentre Guido mi violentava?" esplosi.

Mia madre sbarrò gli occhi: "Che cosa dici? Che storia è…".

"Hai capito bene" la interruppi. "Il tuo Guido mi ha stuprato quando avevo undici anni, e poi è scappato come un ladro."

Mi guardò, terrea: "Tu mi vuoi uccidere… Come puoi odiarmi al punto da inventare una… una…".

"È la verità. La sera in cui tornasti a casa e Guido era scomparso, io ero a letto paralizzata dall'orrore." La rabbia era passata, sopraffatta dal ricordo di quell'orrore.

Mia madre non mi crede, pensai. Le girai le spalle e corsi nella mia stanza. Vi rimasi per un paio d'ore, combattuta tra la paura che entrasse per sapere tutto e la speranza che si decidesse a farlo.

Verso le dieci mi alzai per andare in cucina a cercare un'aspirina. Avevo la gola secca e le tempie che martellavano. Passando davanti al soggiorno, vidi mia madre su una poltrona. Era ripiegata su di sé in una strana posizione disarticolata e scomposta, come una marionetta mollata dal burattinaio. Non diede segno di avermi visto, io mi allontanai in silenzio, sollevata.

La scatola dell'aspirina era al solito posto, sopra al frigorifero, tra quella del bicarbonato e un barattolo di integratore vitaminico-antiossidante.

Feci scorrere l'acqua, inghiottii la pastiglietta e tornai in camera.

Mia madre non si era mossa e mi venne il sospetto che fingesse di dormire per la paura di conoscere la verità.

Questo sospetto tenne sempre in agguato l'animosità verso di lei.

In seguito capii che non fingeva: quel suo improvviso cascare in un sonno profondo equivalse a un suicidio temporaneo. La mia rivelazione era stata talmente sconvolgente che persino il suo corpo ne prese le distanze.

Ma questa spiegazione non valse a giustificarla.

Se Francesca mi confessasse di essere stata stuprata, penserei al *suo* orrore e alla *sua* angoscia. Mia madre ebbe invece una reazione di egoistica autodifesa. È tipico di lei.

Le sue apprensioni, le sue raccomandazioni, il suo sconforto per la mia "ingovernabilità" mi hanno sempre infastidito perché vi scorgevo lo stesso egoismo: non era realmente preoccupata dei pericoli che *io* potevo correre, bensì dei problemi che sarebbero ricaduti su di *lei* se mi fossi cacciata nei guai. Se tardavo a rincasare, si caricava di aggressività perché la costringevo a stare in ansia attentando alla sua serenità. Fin da piccola, *dovevo* fare la brava per amor suo, andare bene a scuola per compiacerla, vestirmi come voleva lei per farle fare una bella figura con le altre mamme.

La mattina che seguì il drammatico scontro mi alzai col batticuore: avevo fatto esplodere una mina, e non potevo illudermi che tutto proseguisse come se non fosse accaduto niente.

Mia madre era già in cucina: di solito ero io ad alzarmi per prima.

"Paola, perché mi hai fatto questo?" chiese con voce affranta.

Giusto: mi ero lasciata stuprare per farle dispetto. Se prendevo un brutto voto, se mi veniva l'influenza quando lei aveva un appuntamento importante, se sbagliavo, ero triste o avevo un problema era sempre per farle dispetto.

"Ti ho fatto *cosa*?" ringhiai.

La vidi esitare. "Ieri sera sono stata molto irritante, lo ammetto. Dopotutto, volevi soltanto andare a mangiare una pizza con i tuoi compagni di scuola. Ma quello che mi hai detto di Guido..." Si interruppe fissandomi con espressione supplice. "La tua reazione è stata esagerata. Ammettilo, Paola."

Per qualche istante fui tentata di fare la brava bambina, chiedendole scusa per aver *esagerato*. Era quello che mia madre si aspettava da me.

Ma commisi l'errore di prendermi una mano, come a dire ti perdono, mettiamoci una pietra sopra.

"Guido mi ha violentato" dissi lentamente, affinché capisse. "Non potrei mai inventare una cosa simile."

"Non riesco a crederlo!"

"Nemmeno io. Ma è successo. Adesso devo andare a scuola" aggiunsi in fretta.

"Non puoi andartene così, lasciandomi..." Ero già uscita dalla cucina.

Quel giorno mi fermai a pranzo da una mia compagna e nel pomeriggio mi trattenni a fare i compiti da lei. Quando tornai a casa capii che mia madre non era andata al lavoro: aveva il viso struccato e indossava ancora la vestaglia.

Non mi chiese dove ero stata, che cosa avevo fatto, perché non l'avevo avvertita. "Devi dirmi tutto. Non puoi gettare il sasso e ritirare la mano" mi aggredì, con la fretta di chi si è preparato molto a lungo una frase e ha paura di scordarsela.

Non mi parve una gran frase. "Vuoi sentirmi dire che ho inventato tutto perché ero furiosa con te?" la provocai.

Nel suo sguardo scorsi un baleno come di speranza... *Di supplica.*

Abbassò la testa: "Voglio sapere che cosa è successo. E perché hai aspettato tre anni per dirmelo... In un modo tanto orribile".

Con diligenza, con meticolosità, con distacco le raccontai tutto. I primi approcci di Guido. I giornaletti e le videocassette che mi costrinse a vedere eccitandosi per la mia repulsione. La mia mano spinta e trattenuta sul suo pene perché lo masturbassi. L'incalzare delle sue proposte oscene fino alla violenza esplosa nell'ultimo giorno.

Il mio distacco si incrina mentre rievoco i gesti, le imprecazioni e l'ansimare dei minuti che precedettero le quattro e diciassette, quando il corpo di Guido si abbatté sul mio e il suo pene penetrò dentro di me. (Forse non sino in fondo, come avrei supposto in seguito: l'eiaculazione arrivò prima che il serpente bianco ed enorme riuscisse a dilaniare il mio corpo di bambina.)

"Se ne andò subito dopo" conclusi. Guardai mia madre. "Le macchie di sangue che trovasti sul mio letto non erano del ciclo. Non avevo avuto il primo mestruo: ero stata stuprata" precisai in un soprassalto di rancore, incurante della sua espressione inorridita, angosciata.

"Non trovai nulla... Non c'erano prove di..." La sua voce si incrinò.

Capii che cosa voleva dire, aggrappandosi all'ultimo filo di speranza. *La speranza che io mentissi.*

"Guido si ripulì con la mia maglietta bianca e la fece sparire insieme con le mutandine che mi aveva strappato" dissi. "Era la maglietta che mi avevi regalato durante la gita a San Marino."

Questo particolare fino ad allora lo avevo dimenticato.

Mia madre si coprì la faccia con le mani. "Basta! Basta!" gridò scoppiando in singhiozzi.

La guardai, rigida e impotente. "Mi dispiace."

"Mi hai ferito a morte... Perché me l'hai detto adesso, dopo tre anni? *Perché non hai continuato a tacere?*" proruppe.

Il nostro rapporto si spezzò in quel momento perché fu in quel momento che anche lei smise di sentirsi mia madre. Le avevo buttato sulle spalle una croce troppo pesante: l'orrore, i sensi di colpa, la consapevolezza del proprio fallimento. Non era stata capace di proteggermi dall'uomo che lei stessa si era portata in casa e per tre anni non aveva saputo né capito nulla.

Da quel momento si occupò di me con lo zelo e l'impegno di chi si vota a una buona causa. Ero come una ragazzina adottata a distanza, come la vittima di un terremoto, come una ammalata per la quale mobilitarsi promuovendo una raccolta di fondi: il coinvolgimento derivava dal senso del dovere, lo slancio proveniva dalla razionalità e *non* dal cuore. Con la mia rivelazione anche lei aveva subito una violenza, e cercò di sopravvivere costruendo i miei stessi meccanismi di difesa. L'amore per me diventò un sentimento obbligatorio e scontato. Smise di essere ansiosa, possessiva, sospettosa, protettiva: anche in questo si difese come me, impedendo alle emozioni e ai sentimenti di raggiungerla.

In un'ottica distaccata, tutto questo sarebbe apparso a chiunque un cambiamento positivo: mia madre era diventata efficiente e concreta, aveva imparato a controllarsi e a non incombere. Ma io sapevo che non era così: la mamma non esisteva più.

Nelle settimane che seguirono parlammo ancora di Guido. Io le raccontai delle paure nelle quali mi ero dibattuta nei tre anni seguiti alla violenza, le confidai i problemi che non avevo ancora risolto: e lei mi convinse a farmi aiutare da una psicologa.

Ma il nostro rapporto, svuotato di calore e di simpatia reciproca, diventò convenzionale e circospetto. Entrambe sapevamo di non poterci spingere oltre.

Pochi mesi dopo che ebbi raggiunto la maggiore età e andai a vivere da sola, mia madre si trasferì in America col marito.

Sono certa che non avrebbe mai lasciato un lavoro che amava, la casa in cui era cresciuta, la città in cui aveva tanti altri amici oltre a Lucia se il nostro legame non si fosse spezzato. Se si decise a partire fu perché il dolore del distacco le apparve enormemente più sopportabile del faticoso rapporto che esisteva tra noi.

X

OGGI

L'aver capito che mio marito non è mai stato innamorato di Sara mi ha rassicurato, ma allo stesso tempo mi ha costretta a uscire dal fatalismo e dall'impotenza con cui aspettavo l'evolversi della loro relazione.

Io e Michele siamo rimasti soli con un matrimonio che non regge più il peso dei miei problemi: dipende soltanto da me sostenerlo o lasciarlo crollare.

Dopo il secondo appuntamento, sono stata più volte tentata di telefonare al dottor Magri per dirgli che avevo deciso di iniziare l'analisi. Ma ho desistito.

In queste settimane, con sofferenza e con onestà, ho fatto riemergere tutto il mio passato e senza bisogno di un analista credo di aver compiuto un buon lavoro su di me.

Adesso vedo chiaramente le manipolazioni, le dinamiche e le autodifese che hanno condizionato la mia crescita. Non potrò mai essere la donna che sarei diventata se Guido non mi avesse strappata con violenza all'infanzia, però ho identificato il nodo di tutti i miei problemi e so che riuscirò a convivervi. Rimossi i sensi di inadeguatezza e di colpa, ho persino ritrovato l'autostima.

Resta, drammaticamente irrisolto, un solo problema: la mia repulsione per il sesso. Dopo tante resistenze, ho capito che debbo raccontare tutta la verità a Michele: mi manca soltanto il coraggio di farlo, e so che lo troverò.

Ma il suo aiuto non basterà per rimuovere questa radicata, viscerale repulsione. E, anche se chiedessi aiuto al dottor Magri, occorrerebbero molti mesi e forse molti anni di analisi per sradicare il condizionamento della mia tragica iniziazione sessuale e trasformare in piacere e gioia ciò che ho sempre associato a sofferenza e vergogna.

E ripeto a me stessa, con angoscia, ciò che ho detto al dottor Magri: nel frattempo, che cosa ne sarebbe del mio matrimonio?

Prima che mi sottraessi alla recita della passione, Michele mi cercava ogni sera. È stato così per quasi dieci anni. Non è soltanto un uomo giovane e fisicamente esuberante: per lui il sesso è comunicazione, intimità, amore. Non l'ha mai usato come sostitutivo delle parole per ricomporre un litigio, farsi perdonare una dimenticanza, chiarire un malinteso.

Dopo avermi confessato la relazione – ormai finita – con Sara non si è illuso che tutto fosse cancellato e risolto: proprio per questo i nostri contatti fisici non sono andati oltre un braccio sulle spalle, una stretta di mano prima di addormentarci.

È stata questa riconciliazione senza sesso a rinfrancarmi e a farmi muovere sul terreno, familiare, di altre complicità. Abbiamo ricominciato a chiacchierare, a scherzare, a prenderci in giro. L'ultimo fine settimana siamo andati a sciare all'Alpe di Siusi. Nello sguardo di Michele ho ritrovato quel guizzo di ammirazione di cui ho sempre recepito il tacito significato: mi piaci, sto bene con te.

Rassicurata e inorgoglita, ho voluto piacergli ancora di più: ho tolto l'elastico dai capelli, mi sono vestita e truccata con cura, ho seduttivamente sfoderato le mie battute migliori, le mie osservazioni più intelligenti.

Ieri sera, sicuro che finalmente tutte le ombre si fossero dissipate, Michele mi ha stretta contro di sé. «Non ti ho mai desiderato come in questo momento» ha sussurrato.

Mi sono istintivamente irrigidita. E lui, scambiando questo movimento per un fremito di desiderio incontrollabile come il suo, mi ha dolcemente messo supina riempiendomi il viso di baci. Le sue mani, intanto, mi accarezzavano il seno e scendevano lungo il corpo.

Hai recitato di nuovo. E mentre gemevo e assecondavo i suoi movimenti, sempre più convulsi e sempre più uguali a quelli della Bestia, ho provato una grande vergogna.

Non voglio più ingannarlo. Ma anche se gli dirò la verità, se capirà e cercherà di aiutarmi, la mia avversione per il sesso spegnerà lentamente la sua gioia e il suo desiderio. E lo perderò.

Sono in un vicolo cieco e la via di salvezza del dottor Magri è troppo lontana: prima che possa raggiungerla, Michele se ne sarà già andato.

«Paola, c'è una lettera di tua madre» mi dice Michele entrando in cucina e porgendomi la busta che ha trovato sulla cassapanca dell'ingresso. Intuisco l'interrogativo inespresso: perché non l'hai ancora aperta?

Perché non ce la faccio ad aprire un nuovo fronte di fallimento e di tristezza, vorrei rispondergli.

«Grazie.» Tendo la mano, prendo la busta e la poso sul ripiano tra il lavello e la lavastoviglie.

«Non la leggi?»

«Dopo cena.»

Michele si allontana perplesso e raggiunge Francesca in soggiorno, come fa tutte le sere.

Mentre impano i bastoncini di merluzzo penso a mia madre e soltanto in quel momento realizzo che da quattro mesi non ricevevo più una sua lettera. È curioso che mi abbia scritto negli stessi giorni in cui cercavo di fare chiarezza nel nostro rapporto.

Dopo aver caricato la lavastoviglie e fatto ordine in cucina, vado a dare la buonanotte a Francesca e mi decido a leggere la lettera.

Sono poche righe, ermetiche e inquietanti: mia madre mi prega di mettermi in contatto *subito* con Lucia, la sua vecchia amica. C'è qualcosa che devo sapere e che lei non ha il coraggio di dirmi.

Sotto la sua firma, c'è il numero di telefono di Lucia.

Hanno ritrovato Guido? È la prima cosa che mi viene in mente, ma mi sembra una ipotesi romanzesca. È successo qualcosa al marito di mia madre? È lei a stare male? Scarto anche queste ipotesi: se così fosse, perché non dovrebbe avere il coraggio di dirmelo? Malattie e disgrazie, sfoderate come sottile ricatto affettivo, sono il mezzo migliore per rimuovere il rancore e carpire comprensione e perdono.

Michele sopraggiunge alle mie spalle e vede la lettera aperta sul tavolo. «Cosa dice tua madre?»

Non me la sento di rispondere con un «niente di nuovo» e neppure di esprimere a voce alta i miei interrogativi. «Leggi tu stesso.»

Michele scorre quelle poche righe e la sua reazione è immediata. «Perché non telefoni a questa Lucia?»

«Ormai è tardi.»
«Sono soltanto le nove e mezzo.»
«La cercherò domani mattina.»
«Paola, credo che tua madre abbia bisogno di aiuto.»
«Ci penserò domani.»

Ogni volta che dico questa frase (troppo spesso) Michele mi prende in giro. La chiama «la sindrome di Rossella O'Hara».

Ma adesso il suo viso è serio. «Non vuoi sapere che cosa è successo e che cosa non ha il coraggio di dirti?»

«No.»

Michele capisce sempre quando non è il caso di insistere. Non mi costringe mai ad affrontare un discorso che voglio evidentemente evitare o rimandare.

Ma stavolta il mio secco "no" non lo scoraggia. Sposta una sedia dal tavolo e si siede davanti a me. «Non mi hai mai parlato di tua madre» dice.

«Vive in America da quasi tredici anni. Che cosa potrei dirti di lei?»

«Perché è partita lasciandoti da sola quando eri ancora una ragazzina, perché non è mai tornata a trovarti o tu non mi hai mai chiesto di accompagnarti da lei: l'America è a poche ore di volo, non sulla Luna.»

Guardo Michele in faccia. «Non voglio parlare di lei.»

Si alza. «Va bene» dice. Prima di uscire dalla cucina mi guarda: non è offeso, ma molto triste. «Ricorda di chiamare la sua amica» dice.

La sua gentilezza, l'assenza di risentimento per il modo sgarbato con cui gli ho risposto mi fanno sentire in colpa. E dopo dieci minuti telefono a Lucia.

Risponde subito, quasi stesse aspettando la chiamata. È la prima volta che ci sentiamo dopo tredici anni, ma lei salta tutti i preamboli: ha bisogno di parlarmi, *al più presto*.

Vilmente non le chiedo che cosa è successo. «Se a te va bene, domani sono a casa tutto il giorno» le dico.

Lucia sembra sollevata. Le do il mio indirizzo e stabiliamo di vederci per le undici dell'indomani mattina.

Due anni dopo il suo arrivo in America mia madre ha avuto una figlia che adesso ha undici anni. L'ha chiamata Giorgia, come la nonna. Il padre della bambina, suo marito, da cinque anni non vive più con loro. Dopo il divorzio si è risposato e ha avuto due gemelli che l'hanno sempre più distaccato dalla primogenita.

Nove mesi fa mia madre, colpita da leucemia, è stata sottoposta a un trapianto di midollo osseo. Il male sembra debellato, ma è troppo presto per averne la certezza. La sua unica preoccupazione è per la figlia: se le succedesse qualcosa, la bambina resterebbe sola.

Per questo ha deciso di tornare a Milano. La vendita dell'agenzia pubblicitaria e quella della casa coniugale, i beni che il marito le lasciò al momento del divorzio, le consentiranno di vivere senza difficoltà.

Mia madre non mi chiede nulla e non intende irrompere nella mia esistenza con i suoi problemi: Lucia, l'amica di sempre, darà a lei e alla figlia tutto l'affetto e le sicurezze di cui hanno bisogno. Da me desidera soltanto un abbraccio, un segno di comprensione e di perdono.

Lucia mi fa questo racconto con le intonazioni e le pause di un consumato attore che vuole trasmettere le proprie emozioni al pubblico in platea.

Ma l'unico spettatore sono io, e lei sembra non accorgersi che sono sempre più raggelata da quanto via via racconta.

«Tua madre non si è mai data pace per quello che ti ha fatto» esclama alla fine.

Eccolo, il ricatto. Ma neppure la rabbia mi può raggiungere. Ritrovo la voce per ringraziarla e per dirle di avvertirmi quando mia madre arriverà a Milano: la vedrò senz'altro.

Quando le ante dell'ascensore si chiudono davanti a lei torno in soggiorno. Manca un quarto d'ora all'una. Fra tre ore devo andare a prendere Francesca a scuola. Programmo la sveglia del cellulare, è stata lei a insegnarmi come si fa, e mi raggomitolo sul divano.

Alle tre mi sveglia una telefonata di Michele: vuole sapere se è venuta l'amica di mia madre...

Al mio "sì" segue una breve pausa.

«Stai bene, Paola?»

«Sì. Devo andare a prendere Francesca a scuola.»

«Resta a casa. Vado io.»

Non oso rifiutare. «Grazie.»

«La porterò a comperare la felpa nuova e a cercare le scarpe da tennis che voleva.»

Rosa col bordo grigio. Le abbiamo cercate inutilmente in tre negozi.

Lo ringrazio di nuovo. Quel giro di spese è un modo per trattenere Francesca fuori casa un paio d'ore: a Michele è bastato sentire la mia voce per capire che la visita di Lucia è stata dura.

Torno a raggomitolarmi sul divano. *Mia madre ha avuto un'altra figlia*. Non riesco a provare altro che questo raggelante stupore, come se tutte le altre reazioni si fossero congelate dentro di me.

Quando calano le prime ombre della sera mi alzo, sprimaccio i cuscini e apro la finestra per cambiare l'aria.

Michele mi prende in giro per questa mania. Anche d'inverno, spalanco spesso le finestre della casa. Il tanfo che Guido lasciò nella mia stanza è rimasto impresso nella memoria olfattiva. Ho sempre paura di risentirlo.

Ho una sorella di undici anni: l'età che avevo quando fui stuprata.
Niente. Non provo niente.
Cambiata l'aria in tutta la casa, vado in cucina per preparare la cena. A Francesca piace la pizza di patate con molto pomodoro e doppio strato di mozzarella. È una vera pizza, solo che la base non è di farina e acqua ma di purè. Lavo le patate e le metto a lessare.
Per undici anni mia madre mi ha nascosto di avere avuto un'altra figlia. Ancora non provo niente.
Michele e Francesca tornano a casa mentre sto pelando le patate. «Mamma, abbiamo trovato le scarpe che volevo!» grida mia figlia dal soggiorno.
Mi asciugo le mani e le vado incontro. Ha il visetto felice e arrossato dal freddo.
«Papà ti ha comperato anche la felpa?» le chiedo mentre la aiuto a sfilare il cappotto.
«Sì! E anche le calze a righe. *Sei* paia.»
Sparisce nella sua stanza con i pacchi e Michele mi passa un braccio sulla spalla. «Vuoi che andiamo da Fosco a mangiare qualcosa?»
«Ho già preparato la cena. Non preoccuparti, sto bene.»
Francesca ci raggiunge in cucina mentre sto infornando la teglia. Alla vista della pizza di patate si illumina. «Quanto ci mette a cuocere? Ho una fame *pazzesca*!»
«Dieci minuti. Intanto va' a lavarti le mani.»
Michele mi aiuta ad apparecchiare la tavola.
L'ha chiamata Giorgia. Io ero la figlia maggiore, perché non ha chiamato me come la bisnonna? Qualcosa si smuove: è una fitta come di gelosia, e mi fa sentire meschina.

Sento su di me lo sguardo attento di Michele. «Tua madre sta bene?» chiede in tono leggero.

«Ha deciso di tornare in Italia.»

«Mi sembra una buona notizia...»

Non faccio in tempo a rispondere perché Francesca torna in cucina.

«È pronta la pizza?»

Non capisco le donne che hanno paura della routine. I rituali della quotidianità, scanditi dagli stessi orari, gli stessi gesti e le stesse abitudini, sono per me un segno di rassicurante stabilità.

Come ogni sera, finito di cenare Michele e Francesca sono andati in soggiorno a guardare la televisione e io sono rimasta in cucina a sparecchiare la tavola, caricare la lavastoviglie, pulire il pavimento, lucidare il lavello.

I cambiamenti mi destabilizzano, persino nelle piccole cose. Da quando mi sono sposata uso sempre le stesse pentole, non ho più spostato un mobile e ho sostituito con rammarico la lavatrice soltanto quando il costo delle continue riparazioni stava diventando eccessivo.

Mia madre è divorziata da anni, ma nelle sue lettere non me ne ha mai parlato.

Avverto un altro guizzo dentro di me. Mi ero abituata a pensare a lei come a una signora dall'esistenza serena, divisa tra un gratificante lavoro e una graziosa villetta con l'erba rasata, e all'improvviso sono costretta a scoprire un'altra realtà, un'altra persona.

Mi sento destabilizzata. Mia madre è una cinquantenne abbandonata dal marito e rimasta sola con una bambina piccola da crescere. Ammalata e infelice. *Sono arrabbiata.* Non è giusto che sia costretta ad avere pena per lei, a compiangerla per il fallimento della sua vita.

Il bacio della buonanotte a Francesca, alle nove, rientra nei rituali della quotidianità. Michele resta con lei un quarto d'ora e poi andiamo insieme in soggiorno a chiacchierare o a guardare un programma che interessa a entrambi.

È così anche stasera.

«Te la senti di parlare?» mi chiede con cautela.

No, vorrei rispondere. Ma non posso continuare a lasciarlo fuori dagli eventi più dolorosi della mia vita.

«Mia madre mi ha sempre nascosto che la sua vita in America è stata un disastro» sospiro. E gli riferisco, parola per parola, tutto quello che mi ha rivelato Lucia: la nascita di una bambina, l'abbandono del marito, il divorzio, la malattia, il trapianto, la solitudine, la decisione di tornare in Italia.

Costretta a ripetere il racconto di Lucia, avverto per la prima volta l'enormità di quanto mia madre mi ha taciuto. E il gelo emotivo si spezza lasciandomi in balia di una reazione incontrollabile.

Provo stupore, risentimento, sofferenza, pietà, rabbia. E quando ho finito di parlare scoppio in un pianto convulso.

Michele corre ad abbracciarmi, spaventato e affranto. Mi accarezza i capelli, mi tiene stretta in silenzio. È la prima volta che mi vede perdere l'autocontrollo.

Poi mi prende il mento tra le dita. «Tua madre voleva proteggerti, Paola... ma ora che si è decisa a dire la verità noi la aiuteremo.»

Mi hai ferita a morte! Perché me l'hai detto solo adesso? Dovevi continuare a tacere! Le terribili parole di mia madre mi tornano alla memoria nell'istante in cui si solleva dentro di me l'identico grido di difesa e di ribellione. *Perché mi ha costretta a telefonare a Lucia? Perché non ha continuato a tacere?*

Mi sciolgo dalla stretta di Michele. «Ne parleremo

quando sarà arrivata. Mia madre ha chiesto aiuto a Lucia: è la sua amica più cara.»

«Ma tu sei sua figlia. È di te che ha bisogno.» Mi sogguarda. «E forse anche tu hai bisogno di lei.»

«Non più.»

Michele scuote la testa. «Paola, che cosa è successo tra te e tua madre?»

«Non la vedo da tredici anni... Ci siamo allontanate...» Annaspo.

«Ma adesso sta per tornare: sola, malata e con una figlia. Io penso anche a lei.» Si interrompe e mi lancia un'occhiata triste, severa. «Tu sei *buona*: non riesco davvero a capire questa indifferenza per tua madre, per una povera bambina di undici anni. È chiaro che tra voi è successo qualcosa. Perché non vuoi parlarmene?»

L'interrogativo di mio marito resta sospeso in un silenzio innaturale che all'improvviso è spezzato da un gemito soffocato, rauco. Lo sento esplodere dentro di me e risalire da un corpo ferito che per troppo tempo ha trattenuto il pianto.

«A undici anni sono stata violentata da un amico di mia madre» dico. Il gemito è diventata una voce. La mia voce desolata.

Michele mi guarda con incredulità e sofferenza, come se gli avessi sparato un colpo a tradimento. Adesso anche lui è ferito a morte.

«Mi dispiace. Non avrei mai voluto dirtelo.»

«È orribile» sussurra.

Mi crede. Nemmeno per un istante ha messo in dubbio quello che gli ho detto. Mi vergogno di sentirmi consolata e felice per il suo orrore.

«Sono tuo marito... Come hai potuto nascondermi la verità per tanto tempo?»

«Mi dispiace» ripeto.

«Per undici anni abbiamo vissuto insieme... Credevo

che tra noi esistessero confidenza, fiducia... Credevo di sapere tutto di te...» La sua voce è spezzata. «E non dire un'altra volta che *ti dispiace*!»

Quel suo tono, improvvisamente urlato e astioso, mi fa perdere la testa. «E a me non pensi? Da vent'anni mi porto dentro questo inferno e tu fai l'offeso... Mi fai il processo...»

Corro fuori dalla stanza e vado a chiudermi in bagno.

Più tardi, quando mi raggiunge nella nostra camera, faccio finta di dormire. Michele si spoglia, infila il pigiama ed entra nel letto senza accendere la luce.

Resta disteso di fianco a me, immobile e in silenzio.

«Paola, devi raccontarmi tutto» dice a un tratto. «E non fingere di dormire» aggiunge.

«Ho *sempre* finto» rispondo ringhiosa. Voglio fargli male. Punirlo per le parole di conforto e d'amore che non mi ha saputo dire. «Per undici anni hai vissuto con una sconosciuta... Con una donna frigida che *odiava* il sesso e non ha *mai* avuto un orgasmo.»

«Smettila!» È un urlo.

«Non vuoi più la verità? Hai paura?»

«Ti stai facendo male.»

«A undici anni ho conosciuto tutto il male del mondo.»

Mi stringe contro di sé. «Paola, lascia che ti aiuti...»

Non voglio la pietà di mio marito. Voglio essere *arrabbiata*: anche con lui.

«*Aiutarmi* ad avere un orgasmo vero? A sentirti un vero maschio?»

La sua stretta si allenta. «Scusami» dice.

XI

IERI

"Non voglio più andare dalla psicologa."
Mia madre ha uno scatto. "Basta con questi capricci. Te l'ho già detto, deciderà lei quando potrai smettere di incontrarla."
"L'ho deciso io."
"Ma perché? Non lo capisci che hai *bisogno* di aiuto?"
"Le sedute con Anna non servono a niente."
"Questo non è vero!" protesta mia madre. "Stai andando meglio a scuola, abbiamo ricominciato a parlare, sei più gentile e obbediente."
È quello che crede. Non sospetta nemmeno che dagli incontri con Anna la sola cosa che ho imparato è recitare la parte della *brava bambina*. Studio, parlo, sono gentile (e "collaboro" con la psicologa) perché, tranquillizzandole, mi lasciano in pace.
Anna ignora che capisco al volo sia lo scopo delle sue domande sia le risposte che si aspetta da me. Ma vado ancora oltre: riesco addirittura a pilotare o a sviare le sue domande senza che se ne accorga.
E questo mi fa stare male, perché mi dà la consapevo-

lezza di una furbizia che detesto. Non mi piace affatto, a quattordici anni, sentirmi più abile di una psicologa trentacinquenne. Questa sgradevole "superiorità" ricade anche nei rapporti con le mie coetanee: vedendole ancora sprovvedute e infantili – come si deve essere a quattordici anni – mi sento sempre più diversa da loro. Una aliena mimetizzata tra creature normali.

Come spiegarlo a mia madre? Non capirebbe. Esige che io continui a incontrare Anna, e scorge prodigiosi segni di miglioramento in me, perché vuole lasciarsi alle spalle l'angoscia di una figlia violentata.

"Dalla psicologa non vado più" ribadisco.
"Paola, ti supplico, fallo per me."
"No."
"Tu vuoi farmi impazzire!"
Alla fine, dovette arrendersi.

La farà impazzire anche la seconda figlia? Riemergo dal passato e per la prima volta mi soffermo su Giorgia. Mia madre l'ha avuta a quarantadue anni, e ne aveva quarantotto quando ha cominciato la scuola: sicuramente Giorgia non si è dovuta vergognare per i suoi calzerotti colorati, le sue minigonne scozzesi, i suoi eccentrici vestiti.

Non riesco a immaginarla fisicamente: ha ancora l'aspetto da bambina oppure ha già le fattezze di una piccola donna? Ha i capelli chiari oppure scuri? L'idea che possa assomigliare a me, *o a mia figlia*, mi suscita una oscura inquietudine.

Quella stessa bambina, emersa dal nulla, è una figura inquietante. Non riesco neppure a collocarla nel microcosmo dei miei affetti. Non la sento come sorella, è troppo piccola per diventare mia amica. Mi sembra ridicolo considerarla la zia di Francesca. E ciò la rende una entità astratta, sfuggente. Mi addolora prevedere che non sarà facile volerle bene.

A diciassette anni e mezzo sentii nominare per la prima volta Tom. Da tempo avevo smesso di spiare le telefonate di mia madre a Lucia, ma quella sera, passando davanti alla sua stanza, una frase mi inchiodò. "Tom vuole sposarmi."

Supposi l'interrogativo di Lucia dalla frase successiva: "No, non ho ancora parlato a Paola di lui."

Me ne parlò otto mesi dopo, quando mi accompagnò a firmare il contratto della casa che avevo comperato con il lascito della bisnonna Giorgia.

Ricordo come oggi il suo viso arrossato e la sua voce imbarazzata. "Sto per sposare un collega... È un italoamericano che ho conosciuto un anno fa. Mi vuole molto bene e... È il primo uomo che frequento dopo sette anni..."

Dopo Guido. Quel riferimento mi fece irrigidire. "Quando ti sposi?"

"Tra quindici giorni." Mi guardò in silenzio e dopo qualche istante rispose da sola alla domanda che mi ero vietata di farle. "Te l'ho detto soltanto adesso perché..."

"Capisco, mamma" la interruppi. *Dopo* Guido non aveva osato parlarmi di un altro uomo.

"Lui avrebbe voluto conoscerti, da molti mesi. Spero che verrai al nostro matrimonio."

Le fui silenziosamente grata perché evitò di aggiungere che era un uomo affidabile, una *persona perbene*...

Lo vidi per la prima volta dieci minuti prima della cerimonia. Era un bell'uomo sulla quarantina dallo sguardo accattivante e i modi disinvolti. Mi lasciai abbracciare e ricambiai il suo sorrisone.

Lo vidi la seconda volta un mese e mezzo dopo, al funerale di una cognata di Lucia.

Il terzo e ultimo incontro avvenne altri due mesi dopo a casa di mia madre. Accettai il loro invito a cena e, mentre la mamma era in cucina per togliere l'arrosto dal forno, Tom mi annunciò che avevano deciso di trasferirsi a New York.

Dissi che ne ero contenta: era vero.

Quando mia madre tornò con l'arrosto, Tom le strizzò un occhio. "Gliel'ho detto io, rilassati!" E le rivolse il suo sorrisone.

Il giorno dopo mia madre venne nella mia nuova casa. "È una decisione che abbiamo appena preso: non devi pensare che..."

"Mamma, non penso niente."

Emise un profondo sospiro: "Continui a odiarmi, vero?".

"No."

"Da sette anni e mezzo non ho più avuto pace. Avrei dovuto capire che Guido era un farabutto."

"Era uno *sconosciuto*."

Sospirò di nuovo. "E non si lascia una bambina con uno sconosciuto... È questo che vuoi dire?"

"Mamma, sono passati sette anni e mezzo."

"Ma uno stupro non finisce mai."

(*Ho come un'altra folgorazione: fu lei a dire questa frase.*)

"Non voglio parlarne."

"Ma io devo spiegarti! Conoscevo quell'uomo da due

mesi e per me *non era* uno sconosciuto... Mi fidavo di lui. Mi ero sempre fidata di tutti... Ricordi la bisnonna Giorgia?"

"Certo. Ma che c'entra?"

"È stata lei a crescermi, a farmi diventare una persona socievole, ottimista, ingenua. E quando tu cominciasti ad andare all'asilo mi rimproverò perché stavo diventando troppo ansiosa, troppo possessiva. Mi disse che, così facendo, ti avrei fatto diventare una persona impaurita e insicura. Aggiunse che esistevano due modi per crescere i bambini: insegnargli a vivere, oppure insegnargli a difendersi dai pericoli della vita. Dovevo scegliere. E io feci la sua stessa scelta. *Mi imposi* di non trasmetterti le mie ansie. *Le soffocai*... Eri una bambina così fiduciosa, così solare..." I suoi occhi si riempirono di lacrime.

"Mamma, non parliamone più."

"Non mi perdonerò mai di averti lasciato sola con un... un... Non ho visto niente, non ho capito niente di quello che ti stava accadendo."

Andò in America per fuggire dai suoi sensi di colpa? Non ne sono più certa. Nel puzzle del passato si sta ricomponendo una parte dimenticata di mia madre. Ero davvero una bambina fiduciosa e solare?

Il mio pensiero torna a Giorgia. Che bambina è? Come è stata educata? Sua madre (*nostra* madre) le ha insegnato a vivere oppure a difendersi dai pericoli della vita?

Io ho fatto istintivamente la scelta della mia bisnonna. Non voglio che Francesca diventi diffidente e insicura, però proteggo la sua infanzia da tutti i pericoli che potrebbero insidiarla.

Come d'accordo, Lucia mi ha telefonato per darmi notizie di mia madre: arriverà con Giorgia tra una decina di giorni, all'aeroporto della Malpensa. Andrà a prenderle lei, con la macchina del figlio, e le terrà da sé fino a quando non avranno trovato una casa in cui sistemarsi definitivamente.

Con queste precisazioni Lucia ha posto fine – credo volutamente – al mio sommerso arrovellarmi tra il dovere morale di ospitare mia madre e la profonda riluttanza a farlo.

Riferisco a Michele quanto Lucia mi ha detto per telefono. Non fa alcun commento. Né ripete che mia madre ha bisogno di aiuto e sono io, sua figlia, a doverglielo dare.

XII

OGGI

Stanotte mi sono svegliata e ho visto la luce accesa nel soggiorno. Michele non era a letto. Sono trascorsi dieci giorni da quando gli ho parlato di Guido, e da allora capita ogni notte che si alzi in punta di piedi per andare a lavorare nel suo studio oppure a sedersi davanti al televisore, tenendo al minimo il volume.

Dovrebbe detestarmi per la crudeltà con cui gli ho buttato in faccia la mia frigidità e le mie simulazioni. E invece non è mai stato tanto premuroso. Accompagna a scuola Francesca e spesso va a riprenderla; asciuga il bagno e appende l'accappatoio dopo che ha fatto la doccia; va a consegnare e a ritirare la roba in tintoria; dopo cena, si trattiene in cucina dieci minuti in più per aiutarmi a sparecchiare la tavola e a caricare la lavastoviglie. E mi chiede spesso se sto bene.

«Non sono malata!» gli ho detto dopo qualche giorno, spazientita. E in quello stesso momento, mentre mi rimproveravo e mi stupivo per il mio scatto, ne ho capito la ragione. Per Michele io *sono malata* e le sue premure sono quelle del parente che si prodiga nell'assistenza di una persona cara nascondendole la gravità del suo stato.

L'assenza di commenti quando gli ho preannunciato l'arrivo di mia madre mi ha dato la certezza che mio marito mi considera un caso senza speranza. Non vuole turbarmi. Al punto in cui siamo, non gli interessa neppure capire, domandare, riandare al mio passato.

L'ho davvero ferito a morte, cancellando gli undici anni della nostra vita. E sta elaborando la perdita da solo, macerandosi nella sofferenza. Le notti insonni sono le *sue* ore, quelle in cui può gettare la maschera del premuroso infermiere e disperarsi.

Io ho vent'anni di pratica nel dolore: ho pianto per la bambina violata, l'adolescente invisibile, la madre perduta, l'adulta incompiuta, la moglie simulatrice.

Michele no. Era una persona strutturata per la serenità e io gli ho tolto sicurezza, ricordi, gioia. *L'ho evirato.* È lui ad avere bisogno di aiuto, ma che cosa posso dirgli? Il danno è fatto, ma diversamente da me, mio marito troverà consolazione.

Seppellita una moglie che non è mai esistita, riprenderà la sua strada. So che alla fine del lutto lo perderò. Ha soltanto trentacinque anni e tutto il tempo davanti a sé per ricostruire se stesso e un nuovo rapporto d'amore.

Il televisore tace. Michele spegne la luce del soggiorno e, in punta di piedi, ritorna nella nostra stanza. Solleva le coperte e si infila nel letto.

Il piccolo spazio che ci separa mi sembra una distanza siderale e avverto un'acuta sensazione di panico. Michele è accanto a me ma non posso raggiungerlo. Sento il mio corpo sprofondare in una solitudine desolata.

Istintivamente allungo una mano per cercare la sua.

Come colpito da una scossa elettrica lui si ritrae. «Ho sonno» dice con voce cattiva.

Non è *me* che sta piangendo, ma la donna che non è mai esistita. Io sono l'estranea, la malata terminale che si assiste, esausti, per pietà e per dovere con l'inconfessato desiderio che il calvario finisca al più presto.

«Dobbiamo lasciarci» gli dico a un tratto.

«Ho sonno» ripete.

«Non possiamo...»

«Non è il momento di parlarne. Dormi, adesso.» La sua voce è tornata gentile.

Lucia mi telefona alle undici per dirmi che mia madre e Giorgia sono arrivate e hanno trascorso una buona notte. Non mi chiede quando desidero incontrarle, ma l'interrogativo è sottinteso.

Sto per risponderle che posso raggiungerle anche subito, ma mi trattengo per tempo: dopo tanti anni, una visita formale mi sembra inadeguata. Sicuramente mia madre si aspetta di conoscere anche mio marito e mia figlia e di fare conoscere a sua volta Giorgia a tutta la mia famiglia.

«Potete venire a cena a casa mia. Anche stasera, se...»

«Va benissimo» Lucia mi interrompe. «A che ora?»

«Ceniamo alle otto, ma potete venire anche prima.»

«Giorgia è celiaca. Allergica al glutine» Lucia precisa.

È la prima cosa che so della bambina di mia madre. «Hai fatto bene a dirmelo.»

Chiamo Michele in studio per avvertirlo che mia madre e Giorgia sono arrivate e quella sera saranno a cena da noi. Michele mi chiede se ho bisogno di aiuto e gli rispondo che non ci sono problemi.

«Vuoi che vada a prendere Francesca a scuola?»
«Preferisco andare io.»
«Vedrò di tornare a casa presto.»

Francesca sa che mia madre vive in America, ma non le ho mai parlato di lei né mia figlia ha fatto domande. Quella nonna *americana* è una figura lontana, come di un altro mondo. Adesso debbo prepararla all'incontro con lei e, soprattutto, con una "zia" di appena due anni maggiore di età.

Guardo la pendola: le undici e mezzo. Il supermercato è ancora aperto e faccio in tempo a comperare quello che mi manca per la cena. Niente pastasciutta, niente cotolette, niente dolci, niente che contenga glutine.

Risotto, pesce spada alla pizzaiola, sformato di verdure. L'improvvisato menu è subito sopraffatto dai dubbi: a Giorgia piacerà il pesce? E le verdure?

Per sicurezza, decido di preparare come secondo piatto anche le polpettine al sugo: è uno dei piatti preferiti di Francesca. *Ma Giorgia non è Francesca.*

Torno dal supermercato alle dodici e mezzo e comincio a preparare l'impasto di carne macinata per le polpettine. Nel frattempo, avvio il sugo di pomodoro fresco. Le metto a cuocere, senza friggerle, perché sono più leggere.

Poi pulisco le verdure, le taglio a tocchetti e le faccio appassire a fuoco lento. A metà cottura, le amalgamo con latte, abbondante formaggio e le depongo sulla teglia per infornarle.

Mia madre mi ha nascosto per undici anni l'esistenza di un'altra figlia. Smettila. È andata così e non puoi farci nulla. Chi sei tu, per poter giudicare?

Michele mi telefona alle tre e mezzo, quando sto per andare a prendere Francesca a scuola. «Va tutto bene?»

C'è *qualcosa* che va bene?, vorrei rispondergli. Non sopporto più quel suo tono da premuroso infermiere.

«Sì, grazie.» Stiamo sprofondando in questa melassa di gentilezze come nelle sabbie mobili.

Francesca ha reagito senza alcun turbamento e sorpresa al mio circospetto discorso sulla nonna tornata dall'America con Giorgia, una figlia appena più grande di lei.

Eri una bambina fiduciosa, solare... Non lo ricordo e non so se è un ricordo inventato di mia madre. Sicuramente Francesca lo è. Eccitata all'idea di conoscere "l'altra nonna", incuriosita dall'incontro con la "zia piccola", la sua unica preoccupazione è che Giorgia non parli l'italiano. «Però possiamo giocare lo stesso» si rassicura alla svelta.

Michele torna a casa alle sei e mezzo e Francesca gli corre incontro dicendogli che sta per conoscere la nonna e la "zia piccola" arrivate dall'America.

Alle sette metto sul gas il brodo per il risotto e accendo il forno per lo sformato di verdure. Michele, nel frattempo, apparecchia la tavola del soggiorno e Francesca appoggia sui bicchieri i cartoncini segnaposto che ha frettolosamente disegnato con i gessetti colorati.

«Giorgia sta vicino a me!» dice al padre.

Il campanello suona alle sette e un quarto. «Vado io» grida Michele.

Getto il riso nel tegame, lo faccio rosolare in una noce di burro e lo allungo con il primo mestolo di brodo. *Va' a salutare, cosa aspetti?*

Ho le mani sudate e il cuore che batte furiosamente. Le orecchie ronzano, e le voci (saluti, presentazioni, gridolini infantili) giungono a ondate e come da molto lontano.

Riconosco i prodromi di una crisi di panico e li ricaccio con violenza schiodandomi dal rettangolo di pavimento davanti alla cucina a gas.

«Mamma, sono arrivate!» mi richiama Francesca. Viene verso la cucina tenendo Giorgia per mano.

È una bambina minuta, con i capelli ricci e corti e uno sguardo intelligente. Automaticamente le tendo le braccia e il suo visetto si illumina. Ha lo stesso sorriso, gioioso e solare, di mia figlia.

Mi sciolgo dall'abbraccio e scorgo mia madre. Per qualche istante, che mi sembra un'eternità, restiamo immobili fissandoci in silenzio. È lei a venirmi incontro e a tendermi le braccia. È il nostro primo contatto fisico da quando avevo undici anni.

Cavallino arrò arrò / la bambina a chi la do / la daremo alla Befana / che la tenga una settimana / la daremo all'uomo nero / che la tenga un anno intero...

Dai ricordi felici della prima infanzia, ignorati e cancellati, emerge quello di un'antica filastrocca e di un corpo morbido e accogliente contro il quale mi raggomitolavo ridendo di paura.

Non è *questo* corpo che mi punge con le scapole ossute e *l'uomo nero* ha un volto che conosco, mi tiene prigioniera da vent'anni.

Devo farmi forza per non spingere Mamma Orca via da me. È lei a lasciarmi andare. Saluto Lucia, la ringrazio di essere venuta, dico alle bambine di andare a lavarsi le mani perché è quasi pronto in tavola e faccio accomodare tutti in soggiorno.

Torno in cucina appena in tempo per aggiungere dell'altro brodo al risotto che stava asciugandosi.

«Hai bisogno di una mano?» Michele, sempre Michele!

«È tutto pronto. Chiedi a Lucia e a mia madre se vogliono un aperitivo.»

«Va bene.» Ma non si muove. Il suo sguardo ansioso e attento mi fa venire voglia di urlare. Non supporto la sua compassionevole diligenza.

Giorgia parla benissimo la nostra lingua: mia madre spiega che in casa le ha sempre parlato in italiano e le ha anche insegnato a leggere e a scrivere.

Giorgia va *pazza* per il risotto e, come Francesca, me ne chiede una seconda porzione. Le piace anche il pesce spada alla pizzaiola.

«E la pizza no?» si informa mia figlia.

Giorgia le risponde che è celiaca: vuol dire, spiega, che è allergica a pane, pasta e cose fatte con la farina.

«Allora puoi mangiare la pizza *di patate*! È una specialità. Un'altra volta gliela fai, vero, mamma?»

Un'altra volta. Questa frase mi costringe a pensare che ci saranno altre cene, altri incontri. Mia madre è tornata in Italia e nella mia vita e ne sono spaventata.

Alla fine della cena Francesca porta Giorgia a giocare nella sua stanza e noi adulti ci spostiamo dalla tavola al salotto.

Mia madre dice a Michele di aver già telefonato alla segreteria della scuola che Lucia le ha indicato e all'indomani andrà a iscriverla. Pensa che Giorgia non avrà problemi ad ambientarsi perché ha una natura estroversa e socievole. E le piace studiare.

È la *brava bambina* che io non sono mai stata. Ingoio la fitta di fiele e domando a Lucia notizie di suo figlio. Sta bene, mi risponde, e sta per avere un secondo bambino.

Francesca ci interrompe per chiedere dove ho messo la spina del moog: vuole farlo sentire a Giorgia. Mi alzo, infilo la spina nella presa e torno in soggiorno.

Mia madre sta parlando della casa in cui andare a vivere: contrariamente a quanto aveva deciso in un primo momento, preferisce prenderla in affitto anziché acquistarla.

Con voce naturale e senza alcun vittimismo spiega che non è ancora sicura di essere guarita e, nel caso dovesse accaderle qualcosa, preferisce lasciare a Giorgia del danaro liquido anziché una casa di proprietà.

Lucia la esorta a non essere disfattista e Michele interviene suggerendole di mettersi al più presto in contatto con uno specialista. La sua salute è altrettanto importante della scuola di Giorgia. Le suggerisce di rivolgersi al San Raffaele. «Posso fissarti un appuntamento io.»

Mia madre lo ringrazia. Non è "disfattista" e non sottovaluta la sua salute: ha il dovere di curarsi. Solleva lo sguardo verso di me. «Alla mia età si dovrebbe fare le nonne, come Lucia, e non crescere una figlia.»

«Molte donne diventano madri a quarant'anni» osservo.

«Io ne avevo quarantadue.»

«Giorgia è la prova che sei una buona madre» dico. E sono sincera.

Mi rivolge un breve sorriso. «Giorgia è stata il mio esame di riparazione di madre» corregge.

È Francesca a rompere il breve, imbarazzante silenzio che segue. «Mamma, Giorgia può fermarsi a dormire da noi? Ti prego, ti prego...»

Sto per rispondere che sì, certo che può, ma mia madre mi previene. «Un'altra volta, Francesca. Siamo appena arrivate e abbiamo ancora tante cose da fare.»

«*Un'altra* volta quando, mamma?» chiede Giorgia, sopraggiunta alle spalle di Francesca.

«Quando vuoi» rispondo io. «Facciamo dopodomani? È sabato, e puoi fermarti qui tutta la domenica.»

«Mitico!» esclama Francesca. «Intanto torniamo di là a suonare il moog.»

Non sono ancora pronta – forse non lo sarò *mai* – per rievocare con mia madre il nostro passato. La paura che lei torni insidiosamente ad accennarne, come ha appena fatto, mi tiene sulle spine.

Michele adesso sta parlando del suo nuovo computer, e scopro che mia madre è un'esperta di informatica: e quando la invita nel suo studio con Lucia per mostrarglielo, colgo al volo il pretesto per mettermi in salvo.

«Mentre voi siete di là, vado a preparare un caffè e a fare un po' d'ordine in cucina» dico.

«Vengo con te.» È la voce di mia madre: e riconosco quel suo tono che non ammette repliche.

«Non vuoi vedere il computer di...»

«Voglio parlare con te, Paola.»

«Un'altra volta» rispondo, accorgendomi che quella frase potrebbe avere un significato sarcastico. Non è affatto così.

«Adesso. Ti prego.» L'imperiosità si smorza in una nota supplice e solo in quel momento *vedo* mia madre. Ha i capelli striati di grigio raccolti dietro la nuca, gli occhi stanchi e affossati, la bella bocca carnosa scavata da tante piccole rughe, l'incarnato grigiastro, da malata.

È la rassicurante mamma che avrei voluto all'età di

Giorgia: dimessa, anziana, composta. Vent'anni dopo ne sono impaurita.

Mi segue verso la cucina e chiude la porta. «Quando mi accorsi di aspettare Giorgia, avrei voluto abortire» esordisce. «Ma c'era stata troppa morte nelle nostre vite...»

«Avresti dovuto dirmelo subito che aspettavi un'altra...»

«Ti avrei fatto soltanto dell'altro male. Ero partita dall'Italia proprio per liberarti da questo veleno, per recidere il cordone ombelicale dell'odio che ti teneva legata a me. Come avresti reagito se ti avessi parlato della mia gravidanza?»

«Mi ha fatto male anche saperlo undici anni dopo» sono costretta ad ammettere.

«Lo so. Ma adesso sei una donna. Liberata da me, hai potuto costruire una bella famiglia... Se il trapianto non avesse funzionato, se fossi morta prima di dirti la verità, ti avrei tolto tutte le sicurezze e la serenità di oggi.»

«Mamma, il mio matrimonio sta andando a pezzi. Non ho potuto costruire niente, solo un...» Mi manca la voce per proseguire.

«Oh, no...» Negli occhi stanchi di mia madre scorgo lo specchio della mia disperazione, e mi aggrappo a lei per confortarla e per avere conforto. Le sue braccia mi circondano. «Bambina mia... Povera bambina mia...»

Riconosco questa voce. Ricordo questo abbraccio protettivo, materno. E butto fuori vent'anni di inferno senza consolazione.

Parlo, e parlo e parlo rievocando l'assalto della Bestia, l'odio per Mamma Orca, la paura senza fine.

Sono di nuovo la bambina perduta tornata a vagare, sola e spaventata, nel passato. *Devo* ritrovare mia madre e le tenere parole che sento, la mano che mi accarezza i capelli mi danno la speranza che riuscirò a riunirmi a lei.

Qualcuno bussa delicatamente alla porta della cucina. È Michele.

Ci sciogliamo dall'abbraccio e mio marito resta per qualche istante silenzioso e imbarazzato. «Scusate. Le bambine sono stanche e dovrebbero andare a letto...»

Davanti all'ascensore, mia madre mi abbraccia di nuovo. E poi abbraccia Francesca. Le bambine si salutano.

«Sabato dormi da noi, eh?» mia figlia dice a Giorgia.

«Certo! E domani ti telefono» risponde Giorgia.

Mentre Michele è nella stanza di Francesca, io comincio a portare i piatti e i vassoi dal soggiorno alla cucina.

Poco dopo Michele mi raggiunge e si offre di aiutarmi.

«Faccio da sola. Tu va' a letto, è tardi.»

«E tu?»

«Ho quasi finito. Tra mezz'ora ti raggiungo.»

Non insiste. Ha capito che per me è stata una serata difficile e che desidero restare sola per far sedimentare la tensione. Nelle lunghe coppie bastano poche parole per comunicare anche le cose più importanti.

Continuo a riordinare meccanicamente. Mi sento come se mi avessero bastonato l'anima: il lungo sfogo con mia madre mi ha lasciato disorientata, svuotata, immalinconita. Tutto il rancore è caduto, e devo ricostruire con lei un nuovo rapporto. La bambina si è perduta per sempre e la sua mamma non c'è più. Adesso siamo due donne infelici e incolpevoli che si sono ritrovate e devono imparare di nuovo ad amarsi. Da adulte.

Guido è stato la disgrazia di entrambe: *Una belva fe-*

roce che ci ha azzannato. Perché ho respinto tanto a lungo questa certezza?

Adesso mia madre deve darsi pace e curarsi, per la figlia bambina che ha da crescere, e io devo andare dal dottor Magri perché ho bisogno di lui: non posso diventare anche una moglie perduta.

Michele è a letto. Sveglio e con la luce accesa.

«Non ho sonno» dice.

«Nemmeno io...»

Mi sfilo le pantofole e mi sdraio di fianco a lui.

«Paola, mi dispiace.»

«Che cosa?»

«In queste due settimane sono stato male e ho pensato soltanto a me stesso.»

«Questo non è vero: non ti avevo mai visto tanto premuroso.»

«Anche se ti detestavo, ero preoccupato per te.»

«E adesso?» Trattengo il fiato.

«Non voglio che l'orrore di quello che ti è successo distrugga il nostro matrimonio. Io ti amo. Dimmi che cosa devo fare, Paola...»

Gli prendo una mano e lui me la stringe. «Devi solo darmi tempo.» Tolgo la mano dalla sua e gli accarezzo una spalla. Amerò anche il tuo corpo, gli dico silenziosamente. Ho solo bisogno di aiuto. E di tempo.

Domattina telefonerò al dottor Magri. È l'ultimo pensiero prima di addormentarmi.

Indice

Statistiche   pag. 7

I
IERI   9

II
OGGI   17

III
IERI   29

IV
OGGI   41

V
IERI   51

VI
OGGI   65

VII
IERI   77

VIII
OGGI   89

IX
IERI   99

X
OGGI   111

XI
IERI   123

XII
OGGI   129